火曜ドラマ

この恋あたためますか

脚本・神森万里江／青塚美穂
ノベライズ・百瀬しのぶ

扶桑社

井上樹木
森 七菜

「スイーツは、喜ばせたい相手を
思って作るべきです。お客さんにも、
きっと喜ばせたい人、
一緒に食べたい人がいると思います。
そんな大事な人を思い浮かべながら
買ってもらいたい」

「あの人に必要だって言われたとき、
なんかやっと選ばれた気がして
嬉しかった、ような気がする……」

火曜ドラマ
この恋
あたためますか

浅羽拓実
中村倫也

「君の作ったこの味が、
多くの人を幸せにするんだ」

「君が必要だ」

「いいな、もの作りは。スイーツ開発に関わる
ようになって、そう思うようになった。
俺はただデスクの上で数字を動かしてるだけ。
でも君たちは違う。作りたいものがあって、
届けたい相手がいて、その声が返って来る。
楽しいだろうな」

火曜ドラマ
この恋
あたためますか

新谷　誠
仲野太賀

「樹木ちゃんと俺が一緒に作った
最初の一個だから。これからきっと
何十個、何百個とスイーツを
作ると思う。でも俺、
一生忘れないよ。
俺たちの最初の一個」

「たくさんの人に私の作ったスイーツ、
食べてもらいたくて。コンビニスイーツって
いつでもどこでも誰でも同じ味が手軽に楽しめる。
そんなスイーツは他にありません。
だからいいものを作って届けたい」

北川里保
石橋静河

火曜ドラマ
この恋
あたためますか

火曜ドラマ
この恋
あたためますか

火曜ドラマ

この恋あたためますか

contents

本書は火曜ドラマ『この恋あたためますか』のシナリオ（第1話～第10話）をもとに小説化したものです。

小説化にあたり、内容には若干の変更と創作が加えられておりますことをご了承ください。

なお、この物語はフィクションです。実在の人物・団体とは関係ありません。

第1話

社長VSアルバイト！　業界最下位コンビニをスイーツと恋が救う!!

公園の木々は赤や黄色に美しく色づいている。けれど、井上樹木は秋めいてきた景色には目もくれず、空いているベンチにどっかりと座って、コンビニのクリームサンドを食べはじめた。

うん。一つうなずくとスマホを取りだし、袋に書いてあった電話番号の数字を押した。

「こちらのスイーツ食べたんですけど……」

保留音がオペレーターの声に切り替わった瞬間、樹木はまくしたてた。

「ありがとうございます。どうなさいましたでしょうか」

「あたしは二十一なんですけど。アイドルになりました。地下アイドルってやつです」

樹木は『Ｃｕｐｉｄ』というグループに属していた。

「メンバーと一緒に頑張って来たんです。なのに気づいたら置いてけぼりになってて……」

数ケ月前のイベント終了後、撮影会があった。横並びのメンバーの前に、ファンが列を作る。だけど……。樹木の列だけ、ファンの数は極端に少なかった。

「ある日、言われました。『噛んでるガムの味がなくなったらどうするって』」

あの撮影会の少し後、運営の男性が、樹木を呼び出し、クビを宣告してきた。

「新しく入った十六歳の子がセンターになりました。それから三ヶ月。彼女たちは今じゃメジャーデビューして、武道館でライブが決まりました」

樹木は背後の武道館を見つめた。今日これからライブがある。

「壁に頭を打ちつけて喚き散らしたい気分でした。でもこのとれたて卵と濃厚ミルクのやさしいツインクリームサンド食べたらちょっとだけ、ほんのちょっとだけ心が軽くなって……まあ、完全に立ち直るまではあと一万個くらい食べないとですけど」

「あの、結局……クレームなんですか?」

先ほどからずっと、オペレーターの女性は戸惑っていた。

「ちゃんと話聞いてくれてました?　だからあたしはアイドルになれなかった悔し……」

樹木の話の途中で、電話はガチャッと切れた。

数日後――。浅羽拓実は天王洲アイルの海沿いのデッキで、今しがたコンビニエンスストアの『オルデイ』で買ってきたタルトを取りだした。静かそうな場所を選んだのに、後ろのテーブルで若い女性がぶつぶつ呟いていてうるさい。イヤホンをつけ、スマホで『#オルデイ先行発売タルト』を検索し、ツイッターやインスタグラムなどの評判を見ながら、一口かじってみる。すると、ライブ中だという表示が出た。タルトを持つ手元が映っている。

「聞こえるかな？　真っ白な雪道を歩いてるような、そんな食感……」

ザクザクとタルトを噛んでいる音が聞こえてくる。ふと気づくと、スマホの画面の中の景色と、ここの景色が同じだ。というより、インスタライブの背景で見切れている男性は、自分だ。浅羽はイヤホンをはずしてあたりを見回した。どうやら後ろでぶつぶつ呟いているロングヘアの女性が配信者らしい。浅羽は立ち上がり、実況中の女性に近づいていった。

「……君……君！　プライバシーの侵害だ。裁判沙汰が嫌ならやめろ」

スマホを持った手をつかむと、女性は黒目がちの大きな瞳で浅羽を見上げた。

「はあ？　いきなり何？」

浅羽と揉める様子が配信され、画面に『どーした』『何事？』とコメントが上がる。

「今見てるのは４人だけだ。切ったところで何の支障もない。映像を残されるのもごめんだ。削除する」

揉み合っているうちに、スマホが落ちた。浅羽が手にしていた自分のスマホもだ。

「まったくいい迷惑だな」

「マジムカつく！　なんなのオッサン！」

スマホを拾って去っていく浅羽の背中に、彼女の発した声が聞こえてきた。

「……オッサンね」

浅羽は三十代半ばだが、二十代前半であろう彼女からしたらオッサンなのかもしれない。そんなことを思いつつ、歩きながらスマホのホーム画面を開いた。すると、いきなりその彼女と彼氏らしき男性のツーショット写真が飛び込んできた。どうやらさっき落としたときに携帯が入れ替わってしまったらしい。まったく、今日は災難だ。


浅羽は『ココエブリィ』上目黒店にやってきた。あれからすぐに自分のスマホに電話をかけてみるとさっきの彼女が出て、バイト先にいるので持ってきてほしいと言われたのだ。

「マジ最悪！　何してくれてんの！」

店の前で待っていた彼女は、パーカーの上に『ココエブリィ』の制服を着ていた。バッジの名前は井上だ。

「君、ここのバイト？　さっき他のコンビニチェーンのスイーツ、宣伝してなかったか」

「宣伝？　てか感想」

会話を交わしながら、スマホを交換した。

「競合他社の商品を薦めるような投稿をしてどういうつもりだ、君は」

「はあ？　おいしいもん、おいしいって言って何が悪いの？」

「バカなのか？　これ以上は時間の無駄だ」

浅羽は『ココエブリィ』を後にした。

翌日は役員会議だった。『ココエブリィ』本部の役員会議室には、社長の浅羽の向かい側に専務の神子亮、そして、生え抜きの社員、柴田、武沢、吉村が横一列に並んでいる。

「ゴミだな」

浅羽は読んでいた資料を机に置いた。「こんなもので立て直せると思ってるんですか。笑えるな。大手三社から大きく引き離されてうちは万年四位。いつ五位、六位に転落してもおかしくない。今まであなた方は何をやってたんですか」

「浅羽社長、お言葉ですがうちは長らく親会社であるテラダマートの業績不振に振り回されて来たんです。挙句あなた方の会社に売り渡された。まさかエクサゾンのようなネット通販会社がうちを買うとは思いませんでした」

神子が言うと、柴田らが続けて口を開いた。

「eコマースも結局は実店舗が欲しいってことですか」

「それも手間暇かけず一気に全国に」

「いかにも外資系企業がやりそうな手だ」

そして最後にまた「実販売の経験は我々の方が上。経営の立て直しはこちらにお任せください」と、神子が締めくくる。

「先ほど読んだ限り、目新しい改革案は何もありませんでしたが。どれも大手三社の猿真似ばかり。どこのコンビニチェーンに入ったって同じ店構え、同じ品揃え、同じサービスをやってる。まったく面白くない。ならうちは同じ『ココエブリィ』の看板を掲げていても地域によって店構えも品揃えもサービスも違う、店舗ごとに個性を持ったコンビニを目指します」

浅羽が言うと、神子は「それではブランドイメージが定着しません」と鼻で嗤った。

「まずは新たな『ココエブリィ』を印象づける個性的な商品開発から始めます」

翌日、浅羽は会社にに新谷誠を呼びだした。誠は地元の後輩で『ココエブリィ』のスイーツを専門に製造・開発するベンダー会社『ドルチェキッチン』のパティシエだ。

「すげえ！　さすが社長室。俺初めて来た！」

誠は学生時代からまったく変わらぬ無邪気な表情でオフィスを見回している。「まさか拓兄ィが『ココエブリィ』に来るなんて。これから三、四年は楽しくやれそう」

「三、四年？　一年で戻ってやる。すぐ結果を出してな」

だからちょっと手伝え、と浅羽は誠に企画書を渡した。『スイーツ』と書かれたタイトルを見て、誠は浅羽を見た。

「いいけど、甘いの嫌いじゃなかった？」

「……嫌いだよ。それとこれは別だ」

小学生の頃のクリスマスの食卓の光景が蘇ってきた。ツリーを飾った部屋で、両親は激しく言い合っていた。ショートケーキは床に落ち、ぐしゃぐしゃになっていた。

「拓兄ィは仕事にプライベート持ち込まないもんな、って言いたいところだけど……気になる。来て最初に手を入れるのがスイーツ課なんて」

「考え過ぎだ」

浅羽は誠の探るような視線を避け、淡々と言った。


その頃、商品部のスイーツ課では、朝礼が行われていた。

「今日の抜き打ちは？」

課長の一岡智子が尋ねる。四十代前半の一岡はコンビニスイーツを知り尽くしている。

「茨城工場で一昨日のラインで生産された五つの商品を店頭で購入して来ました」

北川里保が答え、課員の三田村、土屋、藤野がスイーツを一口ずつ試食した。

「焼き色が濃い」一岡はチーズケーキを見るなり言い、一口食べて「苦い。この日のオーブン温度と焼き時間をチェックして」と言った。一岡の仕事ぶりに憧れている里保は「はい」と、慌ててメモを取った。一岡は次にプリンを食べ、首をかしげた。

「あ、それは……。いつもは北海道の釧路ファームさんの卵を使っていたんですが、先日の大雨で養鶏場が被害に遭ってしまい、急遽今回は別の卵を……」

里保は手元の資料を読み上げた。

「こんなの言われなきゃ誰も気づかないでしょ」

三田村は言うが、里保は「それが」と、スマホを操作して画面を見せた。それは『キキかじり』のインスタグラムで、『ココエブリィ』のプリンが『一九二円。味★。卵が変わって微妙』と、評価されている。

「げ！　星一つに下がってる！」

「なるほど。キキかじりか……いらんこと気づくよなあ」

「どんな奴なんだろ。男？　女？」

三田村たちが里保を見た。

「ホームページに載せますか？　一時的に卵を変えてると」

里保が一岡を見たとき、

「ああ、それ本当だったんだ」

と、声がし、見ると浅羽がいた。思わぬ社長の登場に、みんなは固まっている。

「本当だった、とはどういう意味ですか」

一岡は浅羽に尋ねた。

「卵の味が変わったってうるさく騒いでた子がいまして」

「こんな些細な味の違いに気づいたんですか？」

「ええ、バイトの子がね」

浅羽は一岡に企画書を渡した。一岡は「これは？」と首をかしげている。

「スイーツを一新することにしました。定番のシュークリームから作り替えてください」

「今年出る新商品のラインアップは既に決まってますが」

「知ってますよ。未だに手頃な価格のスイーツが売れると思ってる。まったく魅力がない」

「……魅力がない？」

「毎週毎週新商品が出されてるなんて、この立場になるまでまるで知りませんでした。まったく印象にない」

「浅羽社長には印象がなくとも、それを楽しみにしているお客様もいます。誰でも手軽においしいスイーツが食べられる、それが専門店とは違うコンビニスイーツの魅力です。思いつきで口を出さないでいただけますか」

「いいからまずは個性的で目立つシュークリームを一つ作ってください」

「通常業務で手一杯です。他当たってください」

一岡は企画書を突き返し、会議室を出て行った。気まずい表情を浮かべながら、ほかの課員たちも一岡に従って出ていく。

「君はどう思う？」

浅羽は最後に出て行こうとした里保に声をかけた。「うちのスイーツ、面白い？」

里保は答えずに、頭を下げて、部屋を出て行った。


ファッション誌を束ねた包装紙を切ると、Ｃｕｐｉｄが表紙を飾っていた。複雑な思いで、雑誌を棚に並べると、次はトイレ掃除だ。手袋をはめ、トイレをきれいに掃除し、最後に手洗い場で手をゆすごうとした。でも、何度手をかざしても蛇口のセンサーが反応しない。顔を上げると、イラついた仏頂面の自分と目が合った。

バイトを終えると、もう外は暗かった。ため息交じりに歩いていると、別のコンビニの棚に並んでいるＣｕｐｉｄが表紙の雑誌が、ガラス越しに見えた。

結局買ってしまった雑誌を家の二段ベッドに座ってめくってみる。Ｃｕｐｉｄの武道館ライブ特集だ。

と、同居人の李思涵《リスーハン》が顔を出した。中国人のスーは五年前に来日して、マンガ家を目指している。バイト先で仲良くなって、一緒に住むことになった。

「悪い。感傷に浸ってるとことは思わず」

「そういうわけじゃ……何？」

「応募が近くてさ。ちょい手伝って」

スーに頼まれて、樹木もベタ塗りに駆り出された。

「こないだ道でアンケート取っててさ。書いたら新商品くれるっていうから、やったんだ」

アンケートの職業欄になんて書いたらいいのか、手が止まってしまった。「バイトって職業じゃない気がするし、でも無職って書くのも何だし、元アイドルってのも変だし、かといってじゃ何なんだって言われると……で、空欄にした」

こたつでベタ塗りをしていた樹木は、立ち上がってケージの中に飼っているハリネズミの『大福』をあやしはじめた。

「いいなあ、スーちゃんは。まだ夢追っかけてる側で……。追っかけてるうちはさ、なんか特別な気分でいられるじゃん。バイトや下積みの苦労も楽しいっていうか。このまんま何にもなれずに終わったら、どうしよ……」

「……裕太いるじゃん。男がいるだけあんたの方がマシ」

スーはそう言ってくれたけれど、最近、裕太から連絡はなく、樹木が一方的にＬＩＮＥしているだけだ。樹木の気持ちは晴れなかった。


夜、仕事を終えた一岡がエレベーターに乗り込もうとすると、神子がいた。

「聞いたよ。新社長とやり合ったんだって？　上を相手に君らしいな」

前に立っていた神子が、背中を向けたまま、一岡に話しかけた。

「つまらないこと言ってないで早く家に帰ったら。娘さん一人で待ってるんでしょ」

「人を雇ってる」

「あ、そう……皺……アイロンくらい掛けなさいよ」

一岡は神子の襟もとでくたっとなっていたワイシャツの襟をつまんで直した。

「あいつ、さっきこんなもんをアップしてた。苦肉の策ってやつだな」

神子はスマホを取りだして、一岡に見せた。社員・関係者専用ページにシュークリームの企画募集が載っている。

「失敗する前に止めるべきじゃないの」

「どうして。失敗する方がいいじゃないか。あいつは早くここから去りたいようだ。なら失敗の責任を取って退陣という形だってある」

そう言うと、神子はまた一岡に背中を向けた。

社員たちからは、まったくいいアイデアが上がってこない。浅羽は昼休みに誠を呼びだし、ランチをすることにした。といっても公園のベンチでハンバーガーだ。

「何かちょうだいって……。〝季節の〟とか〝抹茶を使った〟とか具体的なサジェスチョンがないと俺らはさあ」

「バズって売れるやつ」

「一岡課長に頭下げるのが一番手っ取り早いんじゃない？」

誠はそう言いながらスマホを見始めた。「今日火曜でしょ。うちの新作スイーツの出る日。食べた人の投稿、気になんだよね。キキかじりって人がいてさ。タレントとかインフルエンサーって人気とか知名度とかで影響力あるんだけど、キキかじりの場合はフォロワー数も大したことないし誰だかわかんないし、でもコンビニスイーツ食べた感想とか指摘がすごく的確で、この業界じゃ知らない人はいない。みんな注目してる。なんて書かれるんだろうって」

「そんな素人もいるのか」

「この間はライブ配信してて。したら急にどっかのオッサンがいちゃもんつけて来てさ」

誠は笑っているが、浅羽は眉根にしわを寄せた。

『代表取締役社長・浅羽拓実』

いきなり店にやってきた浅羽の名刺を見て、店長の上杉をはじめ『ココエブリィ』上目黒店の店員たちは硬直し、背筋を伸ばした。

「キキかじりさんだね」

浅羽は、レジの台に頬杖をついていたやる気のない樹木を、鋭い視線で射貫いた。

「しばらく借りてもいいかな」

そして上杉に視線を移す。

「あ、どうぞどうぞ。お好きに」

上杉の許可を得たので、浅羽は「来い」と、樹木の腕をつかんで連れ出した。そして連れてきたのは、平日でも一、二時間並ぶのは当たり前の、ケーキ一切れが三千円以上する高級店だ。もちろん、この日も並んでいる。

「だから？　ご馳走でもしてくれんの？　なんで？」

「並んでケーキにありつくまでの時間は、どんなに俺といるのが嫌でも君は逃げないだろ。じっくり話せる」

並びながら、浅羽は樹木にさまざまな質問を投げかけた。

「つまり君は、この三年間すべてのコンビニチェーンのスイーツを食べ尽くして来たわけだ。どうかしてるな」

浅羽はすっかり呆れていた。そして言った。

シュークリームの案を考えてほしい。

浅羽がひとりごとのように呟くと、樹木は踵を返し、戻ってきた。

あまりにも意外なことを言われ、樹木は戸惑っていた。そんなことができるわけがない。

「食べるのが好きなだけだから」と、速攻、断った。

一時間後、ようやく席に着いた樹木の前に、レアチーズケーキが運ばれてきた。見た目はペパーミントグリーンで、上に白い花が咲いたようにクリームがかたどられている。

「うまッ！」

一口食べた樹木は、思わず声を上げた。

「初めて笑ったな」

「誰のせいで不機嫌だと思ってんの……てかもういらないの？」

「甘いものは好きじゃない。仕事だから食べはするけどね。一口で充分だ」

「もったいな！　じゃちょうだい！」

樹木は浅羽のケーキを食べはじめた。

「それだよ。それが欲しいんだ。私も、私もと皆が手を伸ばすような熱のある商品。今の商品部は毎週毎週の発売に追われて間に合わせることだけがプロの仕事だと思ってる」

つまり。浅羽は樹木の顔を見つめた。初めて会ったときはメガネをかけていたけれど、今日はかけていない。近距離で見つめられ、戸惑ってしまう。

「君が必要だ」

まるで愛の告白のように言う浅羽にたじろいでいると「締切りは来週水曜の正午。いいアイデアを待ってる」

浅羽はまっすぐに樹木の目を見つめたまま、逸らさなかった。


そしてあっというまに翌週の水曜日になった。樹木はいつものようにアルバイトだ。

「あれ、今日じゃなかった？　送った？」

隣のレジに立っていた上杉が声をかけてきた。浅羽にシュークリームの案を出してほしいと言われたことは、上杉ら店の仲間にも話していた。

「店長、とっととレジ」

樹木が適当にごまかすと、弁当を温めていたスーがさっと横に立った。

「……レジ替わるわ」

「え、なんで？」

「ビビってんでしょ。期待されてんのにがっかりされたらどうしよって。機不可失《ジーブーケーシ》、時不再來《ジーブーザイライ》。チャンスは逃すともう来ない。だよ、キキ」

スーの言葉と笑顔に背中を押されたようなかたちになり、樹木は上杉を見た。上杉も行って来い、と、笑顔でうなずく。二人に送り出され、樹木は本部に向かった。


正午。結局、樹木からのメールは来なかった。浅羽がパソコンの電源を消し、椅子の背もたれを倒したところに、内線が鳴った。樹木が来ているという。ロビーに下りていくと、パーカーにジーンズ姿の樹木が立っていた。

「二分遅い。で、企画書は？」

「時間なくて……。でもここにある」

樹木は自分の頭を人さし指でさした。「シュークリームならまずクリームから変えたい。コンビニスイーツにありがちな重たいクリームじゃなくて、とろけるようなゆるふわな食感を作りたい。もう一度チャンスください、あたしに！」

深く頭を下げた樹木に背を向け、浅羽は受付に向かった。振り返ると、樹木がうなだれている。

「帰りにまたここに返却してくれ」

浅羽は受付でもらったワンデイパスを樹木に渡し、ピッとセキュリティゲートを通って中に戻る。

「何してる。早くしろ」

振り返って声をかけると、ぽかんとしていた樹木が笑顔になり、駆けてきた。

「コンビニで売っているおにぎりや惣菜のことを中食《なかしょく》っていう。その中食を製造納入する業者がここ。ベンダーと呼ばれる専門の業者だ」

エレベーターを降りてしばらく歩いていると、再びセキュリティがあった。浅羽は社員証をかざし『ドルチェキッチン』と看板の掛かったフロアに入って行く。

「違う会社なの？」

樹木は小走りで追いながら尋ねた。

「そう。ドルチェキッチンはスイーツを専門に作っているベンダーだ。企画された商品が実現可能かどうか、まずここで試作する」

ガラス張りの工房の中は、料理教室のように調理台が並び、若い女性パティシエたちがそれぞれスイーツを作っていた。中に一人男性がいて、浅羽に気づいて外に出てきた。

「彼女に懸けてみることにした。井上樹木さん。キキかじりの中の人だ」

「え！　君が？」

新谷誠と名乗った男性は、あまり大きくない目を見開いて樹木を見ている。

「なんの驚き？」

「いや、まさかこんな子……いやいや若い方だなんて。でも感想も指摘も的確でいつも参考になります、ホント」

なんだこいつ。樹木は誠を見た。

「これから一緒に作業してもらう」

浅羽は樹木に言い、誠に視線を移した。

「期待してるよ。予算はいくら掛かっても構わない。これは社運を賭けた特別なシュークリームだ。どこよりも一番売れるものを作ってくれ」

里保は会議室のスライドを使い、課員たちに新商品のプレゼンをしていた。

「甘さを抑え、幅広い年齢層に喜ばれるような……」

「幅広い年齢層って何？　単にターゲットを絞り込めてないだけなんじゃないの？」

一岡は曖昧な言い方を許さない。

「あ、えっと……すみません。やり直します」

と、そこに浅羽が入ってきた。

「会議中に失礼。企画募集の締切りは本日正午でした。あなた方からの応募は一つもなかった。商品部が開発を放棄するなんて職務怠慢もいいところだ」

「通常業務で手一杯だと先日……」

「あなたはもう必要ない」

浅羽は一岡の言葉を遮った。そして言った。「課長職を解任します」


樹木はドルチェキッチンの工房で帽子とエプロンをつけ、調理台の上にズラリと並んだ小皿を見ていた。いずれも生クリームとカスタードを混ぜたサンプルで、蓋に番号が振られている。

「何これ。理科の実験？」

「牛乳の産地別で生クリームを分けて、さらに生クリームに混ぜるカスタードの割合を変えたものを用意した」

誠が言うが、樹木は「はあ……？」と目を丸くした。

「コンビニでは濃厚なカスタードクリームが主流だし、ひとつでズッシリタップリ満足っていうのが定番なんだ。生クリームの比率が高いほどゆるふわになるけど、コンビニは出来立てを出せる専門店とは違うから、運送を考えたら形が崩れないようにクリームは固くするしかない。そもそもその分コストもめちゃくちゃかかる。だからあえてゆるふわで勝負しようなんて発想はなかった。でも今回は」

「じゃぶじゃぶ使える」

樹木が言うと、誠は嬉しそうに「そ！」と笑った。

「で、どうすんの？」

「全部食べ比べてみて、どれが最高のゆるふわクリームか見極める」

「マジ……？」

樹木はさらに目を見開き、大量のサンプルを見つめた。

そして一時間ほどかけて、ようやくすべての味見を終えた。さすがの樹木もうんざりして「うえ」と舌を出した。すると、誠が尋ねてきた。

「一通り味見してみて、どうだった？」

「うーん……これとこれがまあ、よかったかな」

「俺もそう思った。よし。混ぜよう！　まずは1対9の割合から」

ここからまた延々と味見が続くのか。樹木は気が遠くなった。


一岡を解任したことで社内の反感を買い、浅羽が廊下を歩いていても、社員たちは誰も挨拶をせず、避けるように通り過ぎていった。浅羽は東京大学を卒業後、ネットショッピングを手がける外資系ネット通販会社『エクサゾン』に入社。そして『ココエブリィ』の改革を託されて出向してきたので、もともといた社員たちからはよく思われていない。浅羽が孤立する様子を吹き抜けから見下ろしていた神子は、皮肉っぽい笑みを浮かべた。


その一岡は里保と共に、ドルチェキッチンの主任のもとに解任の挨拶にやってきた。

「正式に決まったらまた改めて皆さんにご挨拶に参ります。新谷くんと一緒にいるのは？」

一岡はガラス張りの工房の中を見て、主任に尋ねた。

「それが……シュークリームの開発を、と浅羽社長が連れて来たんです。なんでも例のインスタのキキかじりなんだとか……」

「え、あの子が？」

里保は思わず声を上げた。一岡も苦い表情を浮かべているが、里保も釈然としなかった。

完璧な味のクリームでシュークリームを作り、樹木と誠は社長室の浅羽の前に置いた。

「やり直せ」

浅羽は皿の上に出されたシュークリームを一瞥しただけで、視線を逸らした。

「は？　ちょま、食べてから……」

「必要ない」

「なんで？　一番売れるシュークリーム作れって言ったじゃん。食べてみてよ、おいしいから！」

「君はこれがコンビニに売ってたとして手に取るのか。どうして？　客は買って食べてみるまで味なんてわからない。一目で人を惹きつける魅力がなければ、その二〇〇円で客はいつものサンドイッチを買うんだよ。見た目もおいしくなければ意味がない。がっかりだ」

たしかに見た目は普通のシュークリームだが……。

「何あいつ！　偉そーに！」

工房に戻ってきた樹木は、調理台の上にバインダーを投げつけた。生クリームを食べ比べたメモや資料などが床の上に落ちた。誠はかがんで落ちたものを拾い集め、再び調理台の前に立った。そして無言で生クリームを掻き回し始める。

「やめなよ。シュークリームなんてどれも見た目同じだって。形変えたらシュークリームじゃなくなっちゃうじゃん！　見た目でわかんなきゃ宣伝すりゃいいんだよ。ＣＭいっぱい流して、ワイドショーとかでタレントに食べてもらえばいいじゃん。お金があるんならそうすりゃいいんだよ。あたしだってインスタで宣伝するし。何か間違ったこと言ってる？」

「じゃ帰れよ。君はただの遊びでも俺はこれ仕事だから」

さっきから無反応だった誠が口を開いた。「言い方はあれだけど、俺、社長が間違ってるとは思わない。違うもん買いに来た人がふらっとスイーツの前通ってさ、うまそうだなって思わず手に取って買って行ってくれたら俺も嬉しいよ」

工房内には、カチャカチャ、とクリームを掻き回す音が響いている。

「……ごめん」

樹木も黙って横に立ち、作業を始めた。

「なんでこの仕事やろうと思ったの？」

「なんでだろ……コンビニのバイトで一番しんどいのはさ。商品並べてるとき……古いのから手前に置くの。でもお客さんもそれ知ってるから、買うときは奥から取る。手前だけどんどん売れ残っていって最後には期限が切れて捨てられる。後ろには新しいのが控えてて、代わりなんていくらでもある……」

樹木はため息をついた。「君は噛み続けたガムなの。もう二十一じゃ味しないでしょ。これからは十代のフレッシュな感じで行きたいから。ご苦労さん」

思わず、Ｃｕｐｉｄの運営に言い放たれた言葉を口にしていた。

「……だからね、あの人に必要だって言われたとき、なんかやっと選ばれた気がして嬉しかった、ような気がする……」

「なのに投げ出しちゃう気だったの？」

「なんだろね、なんか、なんかさ……どうせあたしなんかが頑張ったってムダでしょって気持ちがどっかにあんの。どっかこの辺にモヤモヤと……そういうスイッチがある日を境にできちゃったんだよね」

樹木は胸のあたりを示して、言った。

「俺……」

誠が器具を置き、樹木の顔をまっすぐに見つめた。意味がわからず、樹木は思わず後ずさった。と、誠は手を伸ばして壁の電気を消した。壁ドンの体勢だ。

「え、何？」

いったい何が起きているのかわからずに戸惑っていると、誠が再び電気を点けた。

「再起動」

「え？」

「『どうせあたしなんかが』スイッチ入ったら言って。また俺が再起動してあげるから」

誠はにっこりと笑った。その人のよさそうな笑顔を見て、樹木も笑顔になった。


それから試行錯誤を重ね、ついにシュークリームが完成した。上はチョコレート生地で下はシュー生地生二層構造。見た目も斬新だ。

「これでどうだ！」

「いいんじゃない」

樹木と誠は試食してみた。

「あーやったー！」

想像通り、いや、想像以上のおいしさに、樹木は思わず飛びあがり、誠に抱きついた。

「……よ、よし。今度こそうまいって言わせてやろうぜ」

誠は樹木からそっと離れて言う。

「うん！　待ってろよー浅羽拓実！」

樹木はシュークリームを箱に詰めた。一つは浅羽社長用。もう一つは……。

「そっちは？」

「うん、これね。社長んとこ持ってったら、裕太んとこにも行こうかなって……あ、彼氏ね。せっかくよくできたから食べてもらおと思ってさ。最近全然会えなかったし」

樹木は裕太に『今日の予定は？　できたの食べて！』と、連絡した。


約束の時間に浅羽は社長室にいなかった。しばらく待っていたけれど、現れない。

「遅ぇな、拓兄ィ……」

「拓兄ィ？」

尋ねた樹木に、誠は浅羽とは地元が一緒で、学生時代はサッカー部の先輩だったのだと言った。

「あの人、絶対パス出さない人でさ」

「わかる。感じ悪そ」

「結局スタメンから外されてた。でも誰より練習してた。周りが拓兄ィのプレーについて行けなかっただけなんだ」

「けどサッカーってチームでするもんじゃん」

「……だね」うなずいて、誠は話題を変えた。「彼氏と約束してるんでしょ。行ってあげたら。向こうもキキちゃんのこと待ってるんじゃないの」

「でもあいつの参りましたって顔見たいし」

「写真撮っとく。約束破った拓兄ィが悪いんだから、キキちゃんまで約束破ることないよ」

「マコっちゃんていい奴」

じゃあよろしく、と、樹木は社長室を後にした。

「いい奴、か」

背後で誠がため息をついたのは、樹木には聞こえていなかった。


ほぼ樹木とすれ違いに、浅羽が戻ってきた。

「何やってたんだよ。さっきまで井上さんも待ってた。一時間以上ね。用事あるらしいから先に帰らせた。すごい頑張ってたよ」

誠はシュークリームの箱を差し出した。

「……仕事は頑張れば褒められる運動会じゃない。結果がすべてだ」

「わからないよな、拓兄ィには。頑張るのが大きな一歩って人もいるんだよ」

誠は言い、浅羽の前にシュークリームをのせた皿を置いた。

「上にチョコレート生地をのせて焼いた。二層構造になってて見た目も食感も新しいと思う」

フォークを手に取る。新谷「（お、となる）」

「ちなみに井上さんはどこに？」

「さあ。彼氏のとこ行くって言ってたけど」

誠の言葉に「そうか」とうなずき、浅羽はシュークリームを一口食べた。

『ココエブリィ』本社を出るときに降り出した雨は、裕太のアパートを出たときには土砂降りになっていた。樹木はつぶれてしまったシュークリームの箱を手に、雨の中を歩いてきた。

インターホンを何度も押して、ようやく出てきた裕太は面倒くさそうな顔をしていた。玄関には、樹木がけっして履かないような、華奢なパンプスが置いてあった。

「おまえさあ、気づけよ。あえて連絡無視してることに」

アイドルとつきあったら自慢できるかと思っていたのにクビになり、二十一にもなってコンビニのバイトで、楽しみは安いスイーツ食べることだけだなんて痛すぎる。そう言われた。もういらない。Ｃｕｐｉｄに続き、恋人にもクビ宣言をされ、玄関のドアを目の前で思いきり閉められた。持っていたシュークリームの箱がドアに挟まり、ぐしゃりとつぶれた。

そして、結局、行く場所は『ココエブリィ』上目黒店しかなかった。イートインコーナーで、ただぼんやりと座っていた。涙も出てこなかった。肩には、スーが気を遣って持ってきてくれたタオルがかかっていた。

コンコン。

目の前のガラスを叩く音がした。雨粒だらけのガラスの向こうに浅羽が立っている。浅羽はニコリともしないいつもの冷徹な顔で、樹木を見ていた。樹木は慌ててタオルをかぶった。すると浅羽はドン、と、さっきより強く窓ガラスを叩いた。それでも無視していると、浅羽は店の中に入ってきた。

「チャンスをよこせと大口叩いたなら最後までやれ。仕事は作業が済めば終わりじゃない。評価を受けるまでが一つの仕事だ。一時間以上も粘って待ってたんだろ。よほど自信があったからそうしてたんじゃないのか。だったら油を売ってないで、さっさと結果を聞きに来い」

「うるさい……」

小さくつぶやく樹木の隣に、浅羽が腰を下ろし、テーブルの上のつぶれた箱を見ている。

「今回のは手に取ってみようという気になった。ただ味は……忘れたな。思い出さないと」

浅羽は箱を開け、ぐちゃぐちゃになったシュークリームを手に取り、口に入れた。

「うん、チョコレート生地が効いてる。新しい食感だ。チョコクリームも軟らかくてコクがある。うまい」

その言葉に、こらえていた涙があふれ出た。気づかれないように、慌ててタオルで拭った。

「コンビニには毎日四千万人の客が訪れる。働いて疲れて、家事に育児に追われて、その一日のちょっとしたご褒美にこのシュークリームを買う。仕事終わりに行っても専門店は閉まってる。高級店だったら一年に一度行ければいい方だ。でもコンビニはいつでもどこでもそばにあって、誰もが同じ味を食べられる。それってすごいことじゃないか。並んでも食べられない有名な専門店のスイーツと、いつでも食べられるコンビニのスイーツ、どちらが人を幸せにすると思う？　君の作ったこの味が多くの人を幸せにするんだ」

「……ありがと」

樹木は涙声で言った。

「こっちの台詞だ」

「……あたしね、小っちゃい頃から夢があって。でも叶わなくて……だけどこの十日間、夢中になったり悩んだり、あっという間だった」

「夢って何」

「いや、その、ア……アイドル……」

「アイドル……？　君の笑顔でキュンとくる奴がいるのか？」

浅羽はポカンとした後、ふっと笑った。笑った顔を、初めて見た。この日もメガネはかけていなかった。笑うと目尻が下がり、可愛い顔をしている。

「まあ飽きの来ない類ではあるな。チンアナゴみたいな」

「チン……アナゴ……何それ？」

「知らない？　いつもぽかんと口を開けて餌を待ってる。君みたいだろ」

「ひど……っ！」

ムカついたけれど、なんだかおかしい。樹木も浅羽と声を合わせて笑った。


外に出るとまだ雨が降っていた。一瞬戸惑ったけれど、場所を半分空けてくれていたので黙って浅羽の傘に入った。近づきすぎないようにしていたけれど、ときどき肩が触れてしまう。ふと気づくと、浅羽は傘を樹木の方に傾けてくれていて自分の肩はびしょびしょだ。

意外と優しいんだな、と、樹木はふっと笑った。

「何？」

「別に」

肩をすくめ、無言で歩いていると、すぐにアパートに着いた。

「ずいぶん近いね。じゃ風邪引かないように」

浅羽はくるりと背中を向けた
「え、ちょ……待って！　あたしもっとスイーツ作りたい！」

樹木は浅羽を呼び止めようと、叫んだ。

「ああ、それなんだが。君のアイデアは規定通りこちらで買い取らせてもらう」

浅羽は振り返って言い「じゃあ、お疲れさま」と、去っていった。


寝る前にぼんやりとスマホを見ていると、スーがおやすみ、と、声をかけてきた。

「おやすみ……あ、その前に一つ訊いてもいい？」

樹木は近づいてきたスーにスマホの画面を見せた。チンアナゴの画像検索画面だ。

「何それ、キモ！　なんでこんなワラワラしてんの。どうなってんの。生えてんの？」

キモいのか。スーの言葉にショックを受けてたけれど……。「うわ、かわいいじゃん」

「え、かわいいの？」

「キモかわ」

「それってどっち？　どっちどっち？」

キモいか、かわいいかは大問題だ。樹木はスーが引くほど必死で問いかけた。

翌日、樹木は『ココエブリィ』で掃除に精を出していた。今日はトイレ掃除のあとの蛇口もパッと反応したので気分がいい。イートインコーナーの窓ガラスにシュッと泡スプレーをかけて布で拭くと、曇りがとれたガラスの向こうに浅羽が立っていた。

「ど、どど、どうして……？」

もう自分には用がないのかと思っていたので、驚きだ。

「相変わらずだな。まずはいらっしゃいませだろ」

「だ、だっていきなり……！」

「良い話と悪い話、どっちから聞きたい？」

「……え？」

浅羽の問いかけに、樹木はどう答えていいのかわからずにいた。

第2話
社長の元恋人が登場！　走り出す４人の想い

浅羽は樹木を自分の車に乗せ、まず悪い話からする、と告げた。そして、もう一度改めてシュークリームの案を出して勝負してほしいと言った。

「はあ？　勝負？」

「審査は再来週だ」

「なんで？　意味わかんない！　シュークリームうまいって言ったじゃん、言ったよね？　なんで今さらまた別のシュークリーム出てくんの？　おかしいじゃん！」

助手席から乗り出した樹木に、浅羽はタブレットを渡した。画面はシュークリームの企画書だ。通常のサイズのシュークリームが四つのプチシューに分かれていた。ミント、抹茶、イチゴ、カスタード。生地の色も異なり、カラフルでＳＮＳ映えもする。

「それを見てなるほどと思った。今は情報も体験も人とシェアする時代。さすがプロの企画は違う」

浅羽は言う。プロの企画？　樹木がタブレットの画面をスライドすると、企画書の表紙に『スイーツ課・北川里保』と、あった。

「それが悪い話。審査で負ければ当然、君の作ったシュークリームは商品化されずボツになる」

「え！　いい話は？」

「望み通りまた作業できる。ある意味よかったじゃないか」

たしかにこの前、樹木は浅羽に「あたしもっとスイーツを作りたい」と言った。

「そりゃそうかもしんないけど……」

「なんだ。自信ないのか？　なら無理して審査を受ける必要はない。時間のムダだ。でももし勝てば、君をスイーツ課に採用してやってもいい」

浅羽は試すように樹木を見た。

「言ったね。忘れないでよ！」

売り言葉に買い言葉のように、樹木はムキになって言い返した。つまり、勝負する、と、宣言してしまった。


「あそこは退屈だろ。毎日何してる」

神子は、社長室ＩＲ企画部へ異動した一岡に問いかけた。

「各部署の報告書をまとめてます……」

退屈な仕事をこなしつつ、一岡は「なんの用？」と、神子を見た。

「浅羽の奴、こないだ辞表を叩きつけやがった……」

先日の会議で、浅羽は辞表を出した。でもそれは『エクサゾン』を辞めるということだった。退路を断ち『ココエブリィ』に身を捧げると宣言したのだ。

「辞めた？　エクサゾンを？」

「パフォーマンスだよ。あいつがすべてを捨てて、うちなんかのために働くはずがない」

「でもそんなことしてなんの得が……？」

「それが知りたい。君だってあいつの思惑を知りたいだろ。そばにいるなら奴の裏を探って欲しい」

神子は言った。


浅羽はスイーツ課に樹木を連れて行った。男女二人ずつ、計四人いる課員たちは歓迎していない様子を隠さず、まばらな拍手で迎えた。

「まさかこんな若い子とはね。ほんとに君がキキかじり？　あのシュークリーム作った？」

一岡の移動後、課長となった三田村が眼鏡の奥からじろじろと樹木を見た。樹木が作ったシュークリームは、誠によって既にスイーツ課の課員たちに、試食してもらっている。

「うまかったよ」

ぽそりと言った三田村の言葉に、樹木はホッと胸を撫でおろした。

「本当においしかったです」

感じのいい笑顔を浮かべたのは里保だ。これがあの企画書を出した女性か、と、樹木は里保を見た。センター分けのショートボブの里保は二十代半ばぐらいだろうか。上品で知的な印象だ。赤いVネックのニットに黒いタイトスカート。パーカーにジーンズ、リュックを背負った樹木とは大違いだ。

「原価率見て呆れたけど」

「あれじゃ販売価格二三〇円を超える」

「消費者がコンビニのシュークリームに出してもいいギリギリの値段は一六〇円です」

三田村らがいっせいに口を開いた。

「だったらハナから一六〇円って言っといてくれりゃあさ！」

樹木は隣に立つ浅羽に文句を言った。

「そう言ってたら、最初から冒険せずにつまらないものを作ってたろ」

浅羽は樹木に言い、課員たちに視線を移した。「それが今までのスイーツ課だった」

課員たちは露骨にムッとした表情になる。

「北川さんの企画は既にその価格で作れる目処が立ってる。君のシュークリームもそこまで価格を下げてくれ」

「……って、どうやって？」

樹木が思わず口にすると、

「俺たちが、品質・コスト・物流、あらゆる面から価格に見合った原材料を探し出す」

土屋が言った。

「……であたしは何すれば？」

「売値の範囲内で、できるだけあの味を再現するの」

里保がまっすぐに樹木を見た。

「本来、価格ありきの作業に君のような素人はお呼びじゃない。でも今回は食べ比べという形になった。決めた価格に落とし込む作業はピンキリで、それを他人に任せるのはフェアじゃない。だから君を呼び戻した。二週間後、両者のシュークリームを食べ比べてどちらを商品化するか決める。以上よろしく」

浅羽が出て行き、なんとも居心地の悪い思いでいる樹木に、里保が「お互い頑張りましょう」と笑いかけてきた。

さっそく工房で作業が始まった。樹木は誠と、里保は女性パティシエの山口舞と、それぞれ試作品を作ることになった。

「べちゃべちゃ。やっぱり違うカカオを使うとなると難しいな」

誠が言うように、焼き上がったシュークリームの生地がしぼんでいた。でも二つ向こうの作業台で試作品を作っている里保たちは成功したらしく、歓声が上がっている。

「あっちはあっち。こっちはこっち。配合を変えて焼いてみよ。塩味が足りないからバター足して」

誠に言われてバターを切り始めると、焦っていたせいか指もざっくりいってしまった。

「わ、わ、大丈夫、血！」

誠が声を上げると、さっと里保が来てキッチンペーパーと食品用ラップを手際よく巻いてくれた。そして保健室の先生が小学生にするように、大丈夫、とほほ笑みかけた。

浅羽は社長室に訪ねてきたエクサゾンの部長、都築と向かい合っていた。

「おまえを買っていたのに残念だよ」

都築に言われ、浅羽は「今までお世話になりました」と一礼したがすぐに顔を上げた。

「もう芝居はよしましょう。あなたにとっても渡りに船だったんでしょう。私が辞めることは」

　浅羽が言うと、二人の間に数秒間、沈黙が流れた。

「……なるほど。そういうことか。一時の感情で早まったことをしたな。おとなしくしてれば年収二千万と肩書きは残った。簡単に手放すべきじゃなかったな」

　都築がニヤリと笑ったので、浅羽もふっと笑った。

「……今後は対等の関係です。その意味わかりますよね。こんな会社、なんの興味もない。せいぜい利用させてもらいますよ」


　その晩、樹木が部屋のこたつで指に巻かれた絆創膏を見ていると、スーがひょいと顔を出した。

「どうした、それ」

「敵に優しくされた……」

　樹木は絆創膏を剥がして、ポイとごみ箱に捨てた。

「量小福亦小《リアンシャオフーイーシャオ》。器が小っちゃいと得られる福も小っちゃいの。あんたもまだまだガキだね」

　スーは「ほら甘いの食べな」と、自分が食べていたチョコレートの箱を差し出した。

「お祖母ちゃんが送ってきた。ベトナム旅行行ったんだって」

「……うま！」

樹木は一口食べ、目を丸くした。


その頃、調理室で片づけをしていた誠は資料を整理していた里保に声をかけた。

「……なあ、なんで急に参戦した？　企画書の締切りはとっくに過ぎてる」

「新谷には悪いことしたね」

「そんなのはどうでもいい。リングに上がったのは拓兄ィとやり合うため……じゃないの？思い通りにさせてたまるかって。北川、拓兄ィのことまだ……」

「終わらせたのは私」

里保はきっぱりと言い、資料をまとめて手に持った。「何か手伝えることあったら言って。敵同士みたいになっちゃったけど、そんなつもりないから。お疲れさま」


翌朝、樹木が出勤すると朝礼を終えた課員たちが会議室から出て来た。

「お気楽でいいご身分だな」

顔を合わせるなり土屋が言い、樹木に資料を突き出した。『ココエブリィ商品規格書』で、原材料のメーカー価格が一覧表になっている。

「新谷に見せりゃわかる」

土屋は真面目でお堅そうな男性社員で、口調も厳しい。

「バター、卵、砂糖……え、これも変えるの？　値段と一緒にどんどん味も下がる……」

「そこを下げないように工夫するのがおまえさんの仕事だろ」

土屋に言われ、樹木はリュックからおもむろにチョコレートの箱を出した。

「ベトナムのお菓子だって。このチョコ菓子、口どけもしっとり感もよくて。このカカオ使いたいです。すっごい広い土地でね、いっぱい作ってるから、日本のより全っ然安いはずだよってスーちゃんが」

熱く語り始めると、土屋が苦笑いを浮かべながら、首をひねった。

「あのなあ……遠足に持ってく菓子を決めてるんじゃねえ、全国三千店に置かれるシュークリームの原材料を決めてんだよ」

「コンビニの契約は畑一年分、二年分って、そういう単位なの」

いつもジャージの上を羽織っている女性社員、藤野も、呆れたように言う。

「こんな聞いたこともないメーカーの原材料、調査もせずに使えるわけないだろ」

土屋は席に戻って仕事を始めた。樹木は仕方なく資料を手に、出て行こうとした。

「どちらに?」

藤野が声をかけてくる。

「マコっ……新谷さんとこに作業に」

「じゃ直帰ですか」

「チョッキ?」

「もうここには戻らず直接帰宅されるんですか、と訊いてます」

「はあ、まあ、かも」

「じゃあそう書いてください。連絡に困るから」

藤野がホワイトボードを指した。樹木は『井上』と書き足された欄に言われた通り『チョッキ』と書いて部屋を出た。


みんなが樹木を受け入れたくない気持ちはわかる。でも里保は複雑な思いだった。とはいえ自分もやることをやっておかないといけない。リサーチのため人気のカフェに足を運んだのだけれど、なぜかカフェのテーブルで浅羽と向かい合っていた。店に入ったところで出くわしてしまい、気まずいので引き返そうとしたのだが引き止められ、どちらが出るか揉めた挙句に二人で入ることにした。

「甘いの、平気になったの？」

「いや。でも味のトレンドはころころ変わる。審査する立場なら知っとかないと」

浅羽は注文したケーキを一口食べてフォークを置いた。「彼女、井上さん、どう？　馴染めずにいるんじゃないかと思って」

「会社で孤立してる人に言われたくないと思うけど。でもまあ、なんというか台風みたい。今朝も引っ掻き回して行った。先輩たち、扱いに困ってるわよ」

「審査に勝てば社員にしてやると言ったんだが、もちろんそのつもりはない。焚きつけただけだ。じゃないとせっかくの審査が盛り上がらないだろ」

なんてひどいことを、と、里保は涼しい顔でコーヒーを飲んでいる浅羽を非難するように見た。だがそれよりも、聞きたいことがある。

「なんで一岡課長を社長室に異動させたの」

「なんで急に企画書を出した」

「こっちが訊いてる」

「今のが答えだ。一人カリスマがいると周りはみんなその人物に判断を委ねる。顔色を窺う。結果、地盤沈下を起こす。風向きが変わったの感じてるだろ。だから君も企画書を出したんじゃないのか」

浅羽の言葉に反論したかったが、それはまさに図星だった。

オーブンから取り出したシュークリームの生地は、またしてもしぼんでいた。樹木はがっくりとうなだれていたが、しばらくすると顔を上げ、ポカリと自分の頭を叩いた。

「やばいやばい。またどうせあたしなんかスイッチ入っちゃうとこだった……ゼロからじゃない、イチからだよね。積み上げて来たもんがあるし、目指す味もわかってるし。よし復活！」

うまく再起動できた樹木を、誠は笑みを浮かべながら見守っていた。と、そこにスマホが鳴った。画面には『浅羽拓実』と表示されていた。


その夜、誠は樹木を連れて浅羽が待っているレストランに向かった。高級レストランの前に到着すると、浅羽と里保がいた。

「なんだ、北川……さんもいたの」

誠は浅羽に近づいていき、小声で言った。「なんだよ、北川いるならいるって言えよ！」

「言ったらよけいな気回して来ないだろ。おまえこそ連れて来るなら言えよ」

「一緒に作業してんのに俺だけメシ食いに出るわけいかないだろ！」

まったくもう！　と、声を上げたくなるのをどうにか抑えた。

「何コソコソしてるの」

「別に……楽しいね！」

誠は里保に笑い返したが、樹木はと見れば、浅羽が里保の味方についていると思っているのか、むくれている。

「何この空気……」

誠はため息をついた。四人で食事を始めてからも、会話が弾むことはなかった。テーブルには、樹木がナイフをガチャガチャ鳴らす音だけが響き、浅羽は露骨に顔をしかめた。

「君はテーブルマナーも知らないのか」

「あたし、こういうのより牛丼食べたかった」

「そんなのでいいの？」

「牛丼がいいの！」

「あ、俺もこういう畏《かしこ》まった店より町の洋食屋さんの方が好きだなー……なんて」

誠は空気を悪くしないようにおどけて言ったが、みんなの反応は薄い。

「じゃあワインリストを。君は？」

浅羽が尋ねると、樹木は不愛想な顔つきのまま「パス」と言った。誠も会社に戻ってバイクで帰るからと断った。

「ではこれを。グラス二つ」

当然のように里保の分も頼んだ浅羽を見て、樹木は「ん？」と顔をしかめた。

夕食会は微妙な空気のまま終わった。浅羽と里保は終始ぎこちなく、その空気を訝しく思ったのであろう樹木も挑戦的な態度でワインを飲みはじめたのだが、酒に弱いらしく、すぐに酔いつぶれてしまった。誠がタクシーに乗せて送っていくことになったが、べろべろだ。

「くぉら浅羽！　放置しないで家まで送ってけ！　つーかシャチョーならタクシー代くらい出せっての！」

窓から顔を出し、里保と並んで立つ浅羽にからんだ樹木は、窓を閉めるとどさりと誠に覆いかぶさってきた。

「ねえ？　チョー気ィ利かなくなくなくないっスか？」

誠は体をのけぞらせ、わかったから落ち着いて、と、小刻みにうなずいた。

タクシーを見送ると、浅羽と里保は、駅に向かって歩きだした。距離を空けていたのだけれど、里保が急に手を握ってきた。驚いて足を止めて、里保を見る。

「……もう何も感じないね」

里保は小さく笑みを浮かべながら言って、すぐに手を離した。二人は何事もなかったように、黙って歩きだした。

誠は樹木を引きずるように歩いてきて、インターホンを押した。ドアが開くと、中から若い男性が出てきた。

「あ、彼氏さん……？」

「ん？　スーちゃんからそう聞いてます？　そっかそっか。スーちゃん俺のこと彼氏って」

男性はなぜか照れているが、誠にはまったく意味がわからない。どうしたらいいのかわからずに立っていると、今度はお玉を手にした中年男性が出てきた。

「え？　あ、お父さん……？」

「え、すげーぐでんぐでんじゃん！　弱いんだよこの子。君か、こないだうちの子泣かせたの。こっぴどいフリ方したらしいな。別れたくせにまたちょっかい出してんのか！」

そう言われてもさらに意味がわからずに困っていると、今度は中から女の子が出てきた。

「裕太？　もっとイケメンだよ」

「だよね。もっと背高かった気ィしたし」

一番初めに出てきた男性もうなずく。

「じゃ誰？」

中年男性が言い、三人は改めて誠を見た。

店長の上杉、店員でルームメイトのスー、そしてバイト仲間の碓井陸斗。誠を招き入れてくれたみんなはそれぞれ自己紹介をした。『ココエブリィ』上目黒店で働く仲間だという。樹木は酔いつぶれ、ソファで寝ている。

「仲いいんですね。前にバイトしんどいみたいなこと言ってたから……あ、失礼なこと言ってすみません」

誠が慌てて謝ると、上杉たちが口を開いた。

「それってたぶんアレだよな。言っちゃっていいのかなあ、いいよね時効だし。こいつ元アイドルなんだよ、Ｃｕｐｉｄ」

今の売れているＣｕｐｉｄではなく、地下アイドルのときのメンバーだという。

「キキが外されて若い子が入った途端、ドーンって人気出ちゃって。それでずっと未練タラタラ不貞腐れてたの」

彼らの言葉を聞いて、誠の頭の中に「手前だけどんどん売れ残っていって最後には期限が切れて捨てられる。後ろには新しいのが控えてて、代わりなんていくらでもある……」と言った樹木の言葉が蘇ってきた。

「最近楽しそうだけどね。あ、遠慮しないで食べて食べて」

上杉は誠のお椀に、鍋の具をよそってくれた。


翌日、出勤した樹木は、準備室で顔を合わせた誠に、昨夜のことを謝った。

「いやまあうん、ガチで大変だったけど……もう大丈夫？」

「うーん、頭痛い……」

顔を歪めながらガラス越しに工房を見ると、里保は山口ときびきびと作業をしていた。

「デキる女って感じ……」

樹木はため息をついた。里保には徹底的に女子力と人間力の違いを見せつけられている。

「でも北川さんも企画通って作るのは初めてなんだよ」

誠は意外なことを言った。

「前いたスイーツ課の課長が鬼でさ。何やってもはいダメ、はいやり直しって。この四年ずっとアシスタントだった。ま、スイーツ課あるあるだけど」

ふうん、と、樹木は里保を見た。

「じゃよけい負けらんないじゃん」

樹木たちも工房に入り、作業を始めた。すると、誠が急に口を開いた。

「……俺、初めてクッキー焼いたとき、好きな子のこと思って焼いた」

「なに突然」

「俺の経験上、あの子に食べてもらいたい喜ばせたい、そう思って作る方がうまくいく。スイーツはギスギスした気持ちで作るもんじゃないよ」

誠はなぜかそんなことを言い出した。「だから今日はそういう気持ちでやってみよ。勝ち負けとかそういうんじゃなくて、そういう気持ちで」

「喜ばせたい相手か……うん」

樹木は俄然やる気になった。この日はさまざまな卵を使っての試作だ。焼き上げては試食し、別の卵を使ってまた焼き上げては試食し……と、繰り返していった。

それから何時間作業しただろう。ようやく納得できる味のシュークリームが焼き上がった。「んー、けっこう洗練されてる！」

感動していると、誠はシュークリームをプラスチック容器に入れ、乱暴に揺すった。

「ちょ……何すんの?」

「コンビニスイーツはできてすぐに店頭に並ぶんじゃない。袋詰めして、箱積み、トラック、台車で一店一店運ばれる。こんな薄い生地じゃそれに耐えられない」

プラスチック容器の中で、シュークリームはつぶれ、クリームがはみ出していた。樹木ががっくりと肩を落としたところに、三田村らスイーツ課の社員たちが入ってきた。

「いつまでやってんだ。うちがブラックだと思われるだろ。ガキはさっさと帰って寝ろ」

土屋が樹木に向かって言った。もう終業時間はとっくに過ぎている。

「でも……」

「でもでもうるせえ！」

「でも今度は勝ちたい！」

樹木は土屋に負けじと声を張り上げた。「今度は選ばれたい。今度は負けたくないです」

「今度ってなんだよ……」

「だからやらせてください。あの味、あの人が……社長が、おいしいって言ってくれた味、再現できるまで……何度だって何時間だってやります！　お願いします！」

樹木は体をふたつに折るようにして、頭を下げた。


「寝癖立ってるよ」

翌朝出勤したものの眠くて机に伏せていると、通りかかった三田村に声をかけられた。

「勝手に居残ってんだから、眠いとか疲れたとか大変とかそういう感じ出さないでね」

はい、と返事をして立ち上がり、ホワイトボードに『工房』と書こうとすると土屋と藤野が『ホーチミン出張』になっている。

「ああ彼らね、朝一番で原材料部にかけあって自分たちで買いつけに行った」

「買いつけって……」

「君に伝言。『おねだり通りあのカカオを使わせてやるから納得いくシュークリーム完成させろ』だって。あ、一つ抜けてた。『これで文句ねえだろ』。あのね、稟議回したり大変なんだから。やるからにはちゃんとやってよ」

「……はい！　ありがとうございます！」

樹木は感謝の気持ちでいっぱいだった。


一岡は社長室で、スイーツ課から上がってきた報告書を読んでいた。と、神子から電話がかかってきた。会議室に来るように言われ、行ってみると神子が一人で待っていた。

「で？　何か奴の裏はわかったか？」

「裏というか……」

「この際、表でもなんでもいい」

「毎日各部署の報告書見てるとね、不思議とわかってくるの。あ、ここは人間関係がうまくいってない、ここはリーダーの資質が悪い、ここは新しい可能性の芽が生まれてる……」

「あ？」

「気になるなら、後は自分で調べて」

一岡は会議室を出た。


夜、仕事を終えた里保が会社を出て歩いていると、牛丼屋のカウンター席に浅羽がいるのが見えた。里保は自分も店に入っていき、隣に腰を下ろした。

「そういうの食べる人だった？」

「ああ、ここからよく見えるから」

浅羽は少し離れた『ココエブリィ』本部のビルを指した。十二階の工房の明かりがついている。里保が会社を出るとき、樹木と誠はまだ作業をしていた。

「君も遅くまで残ってたんだな」

「審査は明日だから。井上さんと新谷なら、きっと今日は徹夜よ」

「だろうね。毎日報告書読んでればわかる」

「……で何してるの。終わるの待ってるの？」

「まさか。巻き込んだ手前、まあ頃合いを見て牛丼の差し入れくらいしてやろうか、と。なかなかの拾いものだったからね」

　里保は樹木が「あたしこういうのより牛丼食べたかった」と言っていたことを思い出し、複雑な思いだった。

「よっしゃあ！」

　オーブンを開け、シュークリームを取りだした誠は、声を上げた。だが樹木がいない。姿を探すと、調理台にバタリと突っ伏し、開いたノートの上に片頬をのせ、眠っていた。口は半開きで、今にもよだれを垂らしそうだ。

「色気ねー」

　誠はくすっと笑い、かけてあげるものを探すため、工房を出て行った。


　浅羽は牛丼の袋を手に、工房にやってきた。と、樹木が眠っていた。仕方がないなと頭を持ち上げ、ノートを閉じてやった。樹木はさっきと反対側の頬を下にして眠り続けていたが、その頬には赤いバツ印がたくさんついている。いったいどうしたのかと見ると、ノートに卵の種類がたくさん書いてあり、ダメだったものにバツがついていた。それが写ってしまったのだ。おかしくなり、浅羽はふっと笑みを浮かべた。

誠がブランケットを手に戻ってくると、工房に浅羽がいた。自分のスーツの上着を脱ぎ、樹木の肩にかけてやっている。誠はそのままその場から立ち去った。

目を覚ますと朝だった。そして工房だった。机に突っ伏して眠ってしまったみたいだ。変な寝方をしていたせいで、首や腰が痛い。

「……え」

気づくと、肩に上着がかかっていた。見ると、内側に『Ｔ．Ａｓａｂａ』と刺繍がある。

「……来たんだ」

優しいところもあるんだ。こみ上げる笑みを抑えきれず、樹木は上着に顔をうずめた。

「報告書、こちらに置いておきます」

一岡は社長室に報告書を届けに行った。失礼します、と戻ろうとすると、

「仕事は慣れましたか」

浅羽が作業中のパソコンから顔を上げることもなく、尋ねてきた。

「はい。おかげさまで……なぜ、私をここに……」

「あなたほどの人がわからない？」

「……スイーツ課は変わりました。私がいなくなって」

「本日午後、シュークリームの審査をします」

浅羽はようやくパソコンから顔を上げ、言った。

「ええ、知ってます」

「入社したての二十四歳のときに『とれたて卵と濃厚ミルクのやさしいツインクリームサンド』を作った。今なお売られているヒット商品ですね」

「……はい」

「以来スイーツ課の期待と責任を一身に背負って来た。私はスイーツを点でしか知りません」

「点？」

「現時点の自分の直感しか頼るものがない。でもあなたは違う。十五年以上第一線で活躍して来た経験と知識がある。スイーツを線で知ってる。今日の審査、あなたも立ち合ってください」


ついに試食の日が来た。会場となる会議室で、樹木は誠と並んで立っていたが、緊張で心臓がバクバク音を立てていた。会議室の一番前には浅羽とドルチェキッチンの主任、三田村、そして一岡が並んでいた。一岡を知らない樹木が誠にあれは誰かと尋ねると「スイーツ課の元鬼課長」だと教えてくれた。そのほかに役員やスイーツ課のメンバーなどもいて、それぞれの前に、樹木たちが作ったシュークリームと、里保たちの作ったものが置いてある。

「では始めよう」

浅羽の一言で、試食が始まった。みんなはパッケージを開け、匂いを嗅いでから一口食べ、メモを取っている。樹木はとくに浅羽の反応が気になっていた。

そしていよいよ結果発表だ。「では審査の結果を……北川さんのシュークリームだと思った方」浅羽が言うと、全員が手を挙げた。

「満場一致で、商品化は北川さんのシュークリームということで」

「どうもありがとうございます……」

里保は感極まり、深々と頭を下げた。

「味もコンセプトも素晴らしかった。ね、三田村課長」

「よくやった北川」

「今まで鍛えられた成果だな」

一岡や三田村たちがわっと里保を取り囲んでいる。

「キキちゃん、お疲れ……」

誠が遠慮がちに声をかけた。

「しょうがないか。相手はこの道のプロなんだし。世の中そんな甘いもんじゃないよね。あ、じゃあ出てるね。今後の話とかするもんね。もう部外者だから聞いちゃまずいし……」

樹木はぎこちない笑顔を作り、会議室を出た。


「あの子、帰っちゃいました」

スイーツ課に戻っていた藤野が、会議室に戻ってきた。みんなでスイーツ課に行ってみると、樹木が使っていたタブレットの上に入構証が置いてあり、ホワイトボードの井上の欄に『ありがとうでした』と大きな字で書かれていた。誠は居ても立ってもいられず飛び出した。


「なんか、ほんと台風みたいな子でしたね……」

里保はふっと笑った。すると、一岡が樹木の入構証を手に取った。

「井上樹木、さんか……確かによくできたシュークリームだった。見た目も味も初めて作ったとは思えないくらい。確かに審査には負けた。でもどちらにしろ……」一岡は里保のシュークリームをチラリと見た。「このシュークリームは彼女が作ったも同然ね。そうでしょ？あなたたちは変わった。その新しい風はあの子から吹いてる」

会議室を出た浅羽が廊下を歩いていると、一岡が声をかけてきた。

「社長はすべて見越してらっしゃったんですよね。井上樹木という異分子を放り込むことで、スイーツ課にどんな化学変化が起きるか」

「……できたのは想定外のものでしたが」

「想定外？　期待以上の間違いでは？　このまま行かせてしまっていいんですか？」

浅羽はその問いかけには答えず、社長室に戻った。

「社長、お預かりものです」

と、社長室の社員が、畳まれた上着を差し出した。

「今しがた井上様がお見えになられて」

受け取って社長室に向かいながら、浅羽は「ん？」と、立ち止まった。


樹木のスマホに電話をかけながら、誠は街のあちこちを捜していた。スマホは一向に繋がらない。いったいどこに行ったのか見当もつかないが、誠はひたすら走りまくった。

エレベーターを待ちきれずに駆け下りた会社の非常階段の踊り場で、樹木は声を上げて泣いた。どれぐらいそうしていただろう。会社を出てふらふらと街を歩いていたけれど、行く当てもないし、かといって家に帰る気にもならない。会社の近くの公園の遊具の上に座って、ぼんやり夜空を見上げていた。と、スマホが鳴った。浅羽からだった。話があると言われ、どこにいるのかと聞かれて答えてしまったけれど、来なくていいと言った。

「前もあったな、こんなこと。上着に牛丼の飯粒がついていた」

スマホ越しに、浅羽が言う。

「じゃ言わせてもらうけど、上着掛けたんならついでにソファ運んでよ。首も腰も痛すぎ」

「いい大人があんなところでだらしなく寝ていたことに、恥じらいを覚えろ」

スマホの声が、近くからも聞こえた。見ると、浅羽が遊具の下に立っていた。浅羽は革靴で、遊具の階段を上ってきた。そして樹木から少し離れた場所に並んで立つ。

「こういうの久しぶりに上ったな。懐かしい」

「へえ、こういうの懐かしいって思う気持ちあるんだ」

「頑張ったのに結果が出なくて気の毒だ、と思う気持ちもある……悪くなかった」

「悪くなかったって……ジュウゼロで負けたんですけど」

「そうじゃない。君の働きだ。コンビニなんて客からしたらどこのチェーンも同じだよ。入る理由はたまたま近くにあったから。弁当おにぎりサンドイッチ、見た目はどれも大差ない。その点スイーツはニーズやトレンドをキャッチすれば大きく差別化できる。そこが活性化すれば『ココエブリィ』全体が変わる」

　浅羽の言葉を聞き、樹木はポカンとしていた。浅羽はさらに続けた。「君がいたから北川さんは企画を出した。君がいたからスイーツ課はチームワークを見せた。君の存在がスイーツ課のプライドに火を付けた。あのシュークリームができたのは、君がいたからだ。まあ、審査はボロ負けだったが」

「ひとこと余計なんですけど」

「でも勝負には勝った」

「え？」

　首をかしげる樹木に、浅羽は手に持っていた上着を突き出した。

「クリーニングしてからもう一度返しに来い」

「返しに来いったって……」

　ブツブツ言いながら受けとると、何かがカサカサと音を立てた。上着のポケットに、四つ折りになった紙が入っている。開いてみると『社員証発行申込書』だった。

「顔写真撮って明日持って来い」

「え？」

　樹木は浅羽を見た。浅羽はいつもの不愛想な顔で樹木を見ている。

でも……。浅羽は「もし勝てば、君をスイーツ課に採用してやってもいい」という約束を守ってくれた。樹木はだんだんと笑顔になっていくのを隠せなかった。これまでは『GUEST』と書かれた入構証だったのに、ついに社員証を発行してもらえることになったのだ。笑いが止まらずにいる樹木を見つめていた浅羽もふっと笑った。

なんだ、いい奴じゃん。

そう思ったけれど、口には出さなかった。

浅羽は冷たいけれど、いつもこうして樹木を捜しに来てくれて、これまで知らなかった世界への扉をどんどん開いてくれる。

と、浅羽が何かに気づいて目を逸らした。樹木もその視線を追うと、公園の入り口に、誠が立っていた。誠は、樹木が浅羽と一緒にいることが意外だったのだろう。驚き顔を浮かべて立ち尽くしているのが、暗闇の中でもよくわかった——。

第3話 恋のフェロモン発動中！ 大波乱！

晴れて社員となった樹木は、里保と『ココエブリィ』郊外店に来ていた。たった今、トラックで運び込まれたコンテナには『テスト品』と紙が貼り付けられたシュークリームのカップ型容器がずらりと並んでいる。四色のプチシューの見た目はとても鮮やかだ。里保はそのうちの一つを手に取り、蓋を開けて中身をつまみ上げた。でもつぶれてしまっている。

「ダメだ……」

コンビニスイーツは作ってからトラックで配送する。そこが店内で作る専門店と違って難しいのだと、里保は残念そうに言った。

本社に戻って二人で廊下を歩いていると、前から浅羽が歩いてきた。顔をしかめ、樹木の全身を上から下まで見ている。鮮やかな色のニットにジーンズ、上にメンズライクの上着を羽織っている。足元はスニーカー。背中にはでっかいリュックだ。

「なに？」

樹木も顔をしかめて浅羽を見たが、その質問には答えず、浅羽は里保に尋ねた。

「配送テストは順調ですか？」

「パッケージの問題はありますが、これから修正します」

里保が答えると、浅羽は「期待してます」と、歩いていった。


夜、樹木はクリーニング店から引き取ってきたばかりの上着をじっと見つめていた。

「樹木、ちょっと手伝ってくんない？　って何そのスーツ？」

スーが声をかけてくる。

「社長の」

「なんであんたが持ってんの？」

「借りた」

「……へぇ。スーツ借りるってどんなシチュエーション？」

「どんな？　どんなって……」

目を覚ますと肩にこの上着がかかっていた。浅羽のネームを見たら、胸がギュッとしめつけられて、頬がゆるんできた。思わず顔をうずめると、かすかに浅羽の香りがして……。そして一度返したのにまた返されて……。

どこからどう説明したらいいのかわからずにいると「なんか怪しくない？　なになに？」

と、スーが襲いかかってきて、ぷにっと樹木の頬をつまんだ。

　樹木は上着をラックにかけて、しばらく見つめていた。

「君の存在がスイーツ課のプライドに火を付けたんだ」「君が必要だ」と言った浅羽の表情が浮かんでくる。樹木はビニールをめくり、そっと上着の袖を握ってみた。浅羽と手をつないで歩くように、軽く手を揺らしてみる。

「ちょっ……何？　なんで笑ってんの？」

　気づくと、またスーがニヤニヤしながら顔を出し、描いていた漫画のネームを樹木に見せた。女の子が鼻をつまんでいる絵で『恋愛的酸臭味！』というセリフを言っている。

「スリエンアイデスアンチョウウェイ！　樹木から恋のフェロモンが漂ってる」

「は？　違うから！　恋？　誰が？　誰と？」

「気になってんじゃん。どう見ても」

「一ミリも気になってないし！　なんであんな偉そうな奴……ちょっと聞いてる？」

　どんなに言っても、樹木はひやかされっぱなしだった。

「これ、ありがと、でした」

翌日、樹木はロビーで浅羽が来るのを待ち、上着を渡した。浅羽は顔をしかめ、上着をくんくん嗅いだ。

「……なんか匂う」

「え？　クリーニング出したって！」

樹木も嗅いで見ると、たしかにツンと臭う。「あ……あのときだ。大福かぁ……」

朝起きると、ラックにかけてあった上着が落ちていて、その上に大福が乗っていた。どうやらそのときに粗相をしてしまったようだ。

「大福？」

「飼ってるハリネズミ。それがめっちゃ可愛いの」

そう言った樹木を、浅羽は無言でじっと見ていたかと思うと、ぷっと吹き出した。

「小動物が小動物を飼ってるところを想像したら……笑える」

「はぁ？」

顔をしかめながらも、めったに見られない浅羽の笑顔につられて、樹木も笑った。と、浅羽は真顔に戻り、一歩離れて樹木の目を見つめた。

「実は、ずっと気になってたんだ」

「……え？」

いきなり何を言われるのかとドキドキしていると……。

浅羽は樹木を車に乗せ、ブティックに連れてきた。高級ブランドの路面店で、ぼんやりと突っ立っている樹木にかまわず、浅羽は次々と服や靴を選んでいく。合計金額はなんと二十七万円。会計している浅羽を見て、樹木はオーマイガーと声を上げそうになった。

「あの、これって……」

大量の紙袋を両手に抱えた樹木は、店を出て歩きはじめた浅羽に尋ねた。浅羽は早足で車を停めた駐車場に入っていく。

「君の給料から引いておく……と言いたいところだが、そうすると君の今月の給料はずいぶんとさみしいものになるな。出世払いでいい」

「しゅっせ？　なにそれ？　じゃあさ、分割払いは？　五十回払いとかで」

浅羽はキーを出して解錠し、車のドアを開けた。そして車内の匂いに顔をしかめ、樹木が朝返した上着を取りだした。

「いつまでも車内に置いときたくない」

樹木に上着を渡し、運転席に乗り込む。そして窓を下げ「就職祝い」と言って、樹木をその場に残したまま車を発進させた。

「……てか、ここどこ？」

荷物をいっぱい抱えた樹木は、一人駐車場に残された。

浅羽と誠は会社の中庭でコーヒーを飲んでいた。晴れた気持ちのいい日で、芝生がまぶしく光っている。

「井上さん、頑張ってるよ。あ、名刺ももらった」

誠は『商品部スイーツ課　井上樹木』の名刺を見せた。

「なんで身内の人間に配るんだ？」

「嬉しかったんだよ。初めて必要とされた。自分がここにいてもいいんだって。そう言ってもらえた気がする。だから嬉しいんだって」

誠から樹木の言葉を聞き、浅羽はぐっと眉根を寄せた。

「え、何？　今の顔」

「別に。何でもない」

浅羽は素に戻り、コーヒーを飲んだ。

「……なあ、拓兄ィ。なんで井上さんを呼び戻したの？」

「彼女が必要だから」

その言葉に、今度は誠が何かを思い出すような遠い目をする。

「なんだ、その顔」

「……井上さん、次こそ自分の作ったスイーツをお店に並べるって張り切ってる。拓兄ィのためにも頑張るって」

「なんで俺のためなんだ？」

「そりゃ、必要としてくれたから、だろ。そう言ってくれた相手に報いたいって思ってるんじゃない？」

「俺の一番嫌いな言葉だ。誰かのために。そんなの嘘に決まってる」

「いや、普通にあるでしょ。友達とか……好きな人のために、とか？」

「ない。俺は信じない」

「うわ……拓兄ィさあ、友達いる？」

問いかけられ、浅羽は誠をじっと見た。

「……光栄です」

その視線の意味に気づき、誠が照れくさそうに笑う。

「来週あたり、飲みに行こう」

浅羽は腕時計を見て立ち上がり、戻っていった。

先日の配送テストの失敗を受けての会議が始まった。

「食べやすさのためにシューを薄くしたのが裏目に出たか……」

三田村は、首をかしげた。

「でも、里保ちゃんはそこ変えたくないよね？」

藤野に聞かれ、里保は「はい」とうなずいた。

「パッケージを調整する方向で進めたいです」

「次はこの形状で試してみるか」

土屋がパッケージのカタログをめくりながら提案する。

「そうですね、それとこっちも良いデザインだから、一度テストしてみたいです。じゃあ、井上さん、比較のためにデリッシュストアとオルデイさんのプチシューを五つ買ってきてください」

樹木は「はい」とうなずき、里保の指示をノートに書き留めた。その間にも里保はパッケージを扱うメーカーに電話をかけて交渉を始め、さらにタブレットを開き、メールを打ち始めた。

さっそく届いたパッケージを使っての試作品作りが始まった。そんなある日、樹木は里保に誘われ、会社近くに新しくできたカフェでランチをすることになった。

「前から気になってたんだ、ここ」

里保の言葉にうなずき、樹木はパスタの上にのせてある半熟卵を割って一口食べた。

「……あ、おいしい」

大きな口をあけて食べる樹木を見て、里保が笑っている。食後はデザートを注文した。

「この隠し味って何かな？　アマレットとか？」

「あー、リコッタチーズとか入ってるっぽいけど」

二人はケーキをシェアして食べながら、スイーツ談義に花を咲かせた。

「……私と一緒に働くのイヤじゃない？」

唐突に、里保が尋ねてきた。

「えと……気まずい……かったです」

「素直だよね、井上さんて」

率直な言葉を受け止めてくれた里保に、樹木はこれまで言おうとして言えなかったことを伝えてみることにした。

「……おいしかったです。北川さんのシュークリーム、おいしかったです」

「……ありがとう」

「四つの味のバランスもいいし、大きさも手ごろだし、私はああいうの思いつかないなって」

「私も、思いつかなかったよ。井上さんの作ったシュークリーム。二種類の生地でチョコクリームを包む。食べたときの食感の違いと、クリームのくちどけ……。正直ちょっと嫉妬した」

「え？　嫉妬？」

それはあまりにも意外な言葉だった。

「私、スイーツ課来てから四年間、何度企画出してもダメだったから。なのに、後からいきなり来た井上さんに企画持って行かれたら、やっぱ悔しいじゃん。くそってなったよね」

「くそ？」

美人で仕事ができ、女子力の高い里保の口から出た意外な言葉に、樹木は吹き出した。

「私も同じです」

「同じって？」

「私、アイドルやってて」

「アイドル……えっ！　アイドル？」

「ま、地下ですけど。でも、新しく入ってきた年下の子に押し出されちゃって。で、やめたっていうか……。ずっと一緒に頑張ってきたのに、私だけ選ばれなかった。後からいきなり現れた子に負けたんです」

「……くそって思った？」

「くそ」

樹木はうなずき、二人で声を合わせて笑った。


その後、検討を重ね、今回はプラスチック容器にプチシューを平らに並べたのだが、やはりうまくいかなかった。悩んでいる様子の里保に、樹木はスマホを取りだし、過去の『キキかじり』のアーカイブを見せた。

「この『オルデイ』のバウムクーヘン、すっごくおいしいんですけど、ボリュームがあるんです。だから、開けたら食べきらなきゃ！　っていうプレッシャーがあるんですよね」

「開けたら全部食べ切らないといけない……あ！」

里保は何かをひらめき、スマホでパッケージを検索しはじめた。

数日後、スイーツ課のメンバーは、社長直轄プロジェクトである『一番売れるシュークリーム』の進捗状況を浅羽と一岡に報告した。

「ミント、抹茶、イチゴ、カスタードとそれぞれ味、素材が違います。これらすべてを均一に保持できるパッケージの目安はついています」

里保が言うと、藤野が新しいパッケージのサンプルを浅羽の前に置いた。

「期日が迫っていますが、大丈夫ですか？」

「あと三日以内に配送テストをクリアしないと間に合いません」

浅羽と一岡が里保を見る。

「間に合いますか？」

浅羽の問いかけに、里保は即答できずにいた。

「間に合う！」

声を上げたのは樹木だ。「間に合う……ます！」

「……と井上さんは言ってますが、北川さん、問題はありませんか？」

「間に合わせます」

浅羽と里保は強い視線を交わした。

翌日、浅羽は会議室に樹木と里保、そして誠を呼び、三人を前に言った。

「井上さんのシュークリームも配送テストを行うことにした」

「……どゆこと？」

樹木は思わず声を上げた。

「万が一を考えて同時並行で進めることにした」

その言葉を聞き、樹木と誠は浅羽を見て息を呑み、里保は無言で視線を逸らした。


その夜、樹木の部屋でやきそばパーティが開催されていた。すっかり上目黒店のみんなと仲良くなった誠も呼んだ。

「キキちゃん、あれって拓兄ィの……」

器用に焼きそばを焼いていた誠が、ラックにかかっている上着に気づいた。

「やば！」

焼きそばの匂いがつかないように慌てて上着を取り、パンパンはたいた。

「それ、めっちゃ高いスーツじゃない？」

上杉が言うと、陸斗が「もしかして、例のカレの？」と、樹木を見る。

「まだカレじゃないよ、ね？」

スーは樹木に目配せをした。

「だから違うって！」

樹木はムキになって否定し、上着の匂いをくんくん嗅いだ。

「豚肉の匂い……。また返せないじゃん」

その様子を見ていたみんながどっと笑い声をあげたので、誠もひきつった笑顔を浮かべた。

「なんだ、社長のか。え？　てことは社長と？」

「社長とって、すごくないっすか？」

上杉と陸斗に言われ、樹木は「そんなわけないじゃん」と否定した。

「だよね。社長なんて雲の上の人だし」

「おっさんおっさん言ってましたもんね、樹木ちゃん」

陸斗とうなずきあっていた上杉は「でも、あの社長のおかげだね」と言った。

「未練いっぱいで焦げ付きそうだった井上さんを拾ってくれた。だから、新しい夢も見つけられたわけだし」

「……焦げてないし」

樹木は口を尖らせた。

「でも、あのまま燻《くすぶ》ってたらもっと焦げてたよ」

たしかに浅羽は樹木の恩人だ。上杉の言葉が、樹木の胸に響いた。

すぐにお酒が足りなくなり、樹木は誠と買い出しに出た。

「……キキちゃん、あの上着、俺から返しておこうか？」

帰り道、誠が言った。

「え？　あ……ううん、大丈夫。自分で返す」

「……そっか」

信号が青になるのを二人は無言で待った。そして、樹木はふと口を開いた。

「……配送テスト、どうなるんだろね」

「北川さんの手伝いながら、同時に自分のもって複雑だよね」

「……似てたんだよね。里保さんとあたし。ずっと企画が通んなくて、悔しかったって。それでもいつかは、って思いながらやってきたんだと思う。だから……うまくいってほしい」

樹木の言葉に、誠は笑顔でうなずいた。


いよいよ配送テスト最終日となった。スイーツ課の課員たちは『ココエブリィ』郊外店で配送トラックの到着を待った。台車から運ばれてきたコンテナの中をのぞきこむと、おにぎりや他の食材と一緒に『テスト品』のシュークリーム二品が入っていた。里保と樹木はそれぞれ担当したシュークリームを取り上げた。

「本日は『ココエブリィ』の新商品発表会にお越しいただき、ありがとうございます。コンビニ業界は大きな転換点を迎えています。我が社も新しく生まれ変わるときです」

新商品発表会当日、浅羽は記者会見場のステージでスピーチをしていた。

「新しい『ココエブリィ』、その第一弾として、本日は新商品のラインナップをご紹介します。『恋する火曜日のチョコっとリラックシュ〜』です」

ステージ上のスクリーンに樹木と誠が作ったシュークリームが映し出されると、報道陣からいっせいにフラッシュが焚かれた。

「開発者より、商品についてご説明いたします。開発者の井上樹木さんです」

浅羽は、ステージ袖で誠と並んで立っていた樹木に視線を送った。

「キキちゃん、頑張って」

「任せて。ステージは慣れてる」

誠に見送られ、樹木は、拍手が鳴り響く中、ステージ上に向かった。多くの報道陣、来場者たちの視線が樹木に集中している。樹木がマイクの前に立つと、ステージ上に、シュークリームが出てきた。

「えっと……えーと、このシュークリームは、えー……」

ステージは慣れているはずだった。それなのに緊張で、練習していたスピーチの内容が完全に飛んでしまった。頭の中は真っ白だ。

「……このシュークリームは、えーと、とってもおいしいです」

小学生のようなことを言ってしまい、報道陣からくすくす笑いが起きた。里保以外のスイーツ課のメンバーは会場に来ていたが、みんな「あちゃー」という表情を浮かべている。

「具体的にどういうコンセプトなんですか？」

記者から質問が飛んできた。

「具体的？　えー、具体的……」

「では、この商品のターゲットは？」

「ターゲット？　ターゲットは……」

しどろもどろな樹木を見かねた浅羽が「二十代から三十代の女性」と、ささやいた。でもテンパっている樹木の耳には入らない。

「ターゲットは、社長です！」

樹木はきっぱりと、言った。会場は一瞬静まり返り、また報道陣から笑いが起きた。

「ターゲットがお客様ではなく、社長というのはどういうことでしょうか？」

「その言葉の真意を教えてください」

記者たちが質問する。

「社長は嘘をつかないから……です」

樹木はまっすぐに前を見て言った。

「だからムカつくんです。ダメなときはダメ。つまらないときはつまらない。もう容赦なくバッサリ。ほんと……ムカつきます。だから、絶対においしいって言わせてやる！　って、そう思って作りました。いっぱいムカついたけど……最後は、おいしいって言ってくれた。嘘をつかないから、社長の言葉は信じられる。社長がおいしいって言ったら、本当においしいってことだから。スイーツは、喜ばせたい相手を思いながら作るべきです」

記者たちはいつのまにか笑うのをやめ、真剣な顔で樹木の思いを聞いていた。

「お客さんにも、きっと喜ばせたい人、一緒に食べたい人がいると思います。そんな大事な人を思い浮かべながら買ってもらいたい。そんなシュークリームです」

記者たちの顔を見回した樹木を会場内で見守っていた一岡は、満足げにほほ笑んだ。スイーツ課のメンバーも安堵の表情を浮かべている。誠は樹木に、小さく拍手を送っていた。

会見後、樹木が片づけをしていると一岡が声をかけにきた。

「ヒヤヒヤしたわ」

すみません、と肩をすくめたところに「井上樹木さん」と声をかけられた。振り返るとにこやかな笑顔で樹木を見ている男性がいた。「興味深いスピーチだったよ」

「ありがとうございます」

礼を言い、一岡に「誰ですか？」と、目で尋ねた。一岡は専務の神子だと紹介し「彼女に何か御用ですか？」と、訝しむように神子を見た。

「挨拶しに来ただけだよ。期待してるよ、井上樹木さん」

神子はそう言って、去っていった。

浅羽は会見を見にきていた都築と話していた。

「なかなか面白い会見だったよ。あれもシナリオ通りか？」

「……もちろん」

「これで状況が上向けば、君もいろいろとやりやすくなるな」

「ええ。実は、すでにいろんなところからお話をいただいています」

「……最優先はうちのはずだ」

「状況が変われば選択肢も変わる」

浅羽は挑戦的に都築を見た。

「浅羽、おまえ……」

「誤解されているようですが、選択権を持っているのはあなたじゃない。私です」

そう言って歩きだした浅羽は、近くに神子がいて、自分たちを見ていることに気づいた。

都築は浅羽と神子が視線を交わしている様子を、じっと見ていた。

翌日、樹木は社員食堂でスイーツ課のみんなと食事をしていた。

「俺もさ、なっかなか商品化までたどり着けなくて腐ってた時期あったよ。ちょうど北川と同じくらいの歳だったかな」

「惜しかったよ、実際さ」

「うん、あれおいしかったしね」

みんなが里保に気を遣っている。

「終わったことは忘れて、次です次！」

里保は明るく振る舞っているが、昨日の新商品発表会には出席せず、一人会社に残っていた。発表会はオンラインで見たと言うが、樹木はそんな里保のことが気になっていた。

食事の後、里保は中庭でアイスを食べようと、樹木に声をかけてきた。

「ごめんね、つきあってもらっちゃって。ここのアイスどうしても食べてみたくて」

「すみません、ごちそうさまです」

樹木は言葉少なに言った。

「……あのシュークリーム、本当においしかった。新しかったし、配送テストもクリアした。私はクリアできなかった。でも、今度は負けないからね」

里保はさばさばと言い「そっち一口ちょうだい」と、樹木のアイスを一口食べた。


その日、樹木は翌日の新商品発売のために遅くまで残っていた。夜間節電モードでフロアは薄暗くなっている。帰ろうとしてふと里保の机を見ると、胸がチクリと痛んだ。小さくため息をついてエレベーターのボタンを押して待つ。扉が開いたのでうつむいたまま乗り込むと、中に浅羽がいた。背を向けて一階のボタンを押したけれど、エレベーターは上昇した。

「上行きだ」

浅羽は最上階の社長室に向かうようだった。

「ずいぶん遅くまで残ってたんだな」

「いろいろやることがあるの」樹木は後ろを向いたまま答え「あのさ」と切り出した。

「ん？」

どう切り出すか迷っていると、エレベーターが停まり、ドアが開いた。

「お疲れ」

浅羽は降りていってしまう。

「あ……社長……」

声をかけようとしたけれど、ドアが閉まった。がっくりとうつむいたところに、再びドアが開き、浅羽が戻ってきた。乗りこんできて、一階のボタンを押す。

「一階に着くまでの間は、聞いてやる」

浅羽は階数表示のボタンの前で腕を組み、壁にもたれた。

「繰り上がり当選」

樹木は切り出した。「私のって、ただの繰り上がり当選じゃん。みんなに選ばれたのは里保さんのだったのに。喜んじゃった……私。優しくしてくれて、私のことも受け入れてくれた。なのに、自分のが商品化されるって決まったとき、喜んじゃった。あの後も里保さんはずっと優しい。でも、本当は辛いんじゃないかって……」

樹木が口にした思いを、浅羽は黙って聞いている。「だって私はすっごい悔しかった。里保さんだって、きっと……」

「何度も言ったが、もう一度だけ言ってやる」

浅羽が口を開いたので、樹木はうなだれていた顔を上げた。

「仕事は結果がすべてだ。繰り上がりだろうが補欠だろうが、そんなことは関係ない。君は結果を出した。だから明日、世に出るんだ。君は誰のことも貶めてないし、誰かの足を引っ張ったわけでもない。正々堂々とやった」

それに。浅羽は言い、樹木を見た。「北川さんは大丈夫だ。気持ちを切り替えて前に進んでる。だから、君が気に病む必要はない」

「……本当に？」

「俺は嘘はつかない。だろ？」

浅羽の言葉に、樹木は大きくうなずいた。

翌朝、樹木は誠と一緒に『ココエブリィ』上目黒店に来て、シュークリームのパッケージを一つ一つ丁寧に並べていた。店頭には『恋する火曜日のチョコっとリラックシュ～新発売』ののぼりが立てられ、店内のスイーツコーナーにもポップが飾ってある。樹木にはそのすべてが感動的だった。スーたち店員も心から喜んでくれ、上杉に至っては涙ぐんでいた。

樹木は誠と棚の陰から、スイーツコーナーを見守っていた。と、近所の指圧店のユニフォームにカーディガンを羽織った女性がやってきた。炭酸飲料のペットボトルを手にし、レジに向かう前にスイーツコーナーの前で足を止めた。樹木と誠が「買ってくれ」と祈っていると、女性はシュークリームを手に取った。

女性がレジに向かうと、上杉は自分のＩＤをスキャンしてレジを打てるようにし、樹木に向かって手招きをした。スーが自分の制服を脱いで、樹木にさっと羽織らせると、陸斗が「こちらへどうぞぉ」と、並んでいた客を自分のレジへ促し、樹木のカウンターを空けた。

シュークリームを持った女性は、樹木のレジ前に、ペットボトルとシュークリームを置いた。樹木は自分で作ったシュークリームを自分でスキャンした。

「二七二円です」

樹木は女性からエコバッグを受けとり、中に入れた。あまりの嬉しさに、バッグの中のシュークリームを愛おしげに見つめてしまう。

「あのう……それ、もらっても？」

女性に言われて、樹木は慌ててエコバッグを渡した。

「ありがとうございました！」

樹木の満面の笑みに、女性は引き気味になりながら帰っていく。

「売れた！　売れたよ！」

樹木はレジを飛びだして誠に抱きついた。

「うん……俺泣きそう」

「おめでとうー！」

上杉たちも駆け寄り、店内は大騒ぎだった。

夕方、樹木と誠は公園のベンチにいた。互いにスマホを出してＳＮＳで、自分たちのシュークリームの感想をチェックしようと『チョコっとリラックシュ～』と打った。

「やば。めっちゃドキドキすんだけど」

樹木はなかなか検索マークをタップできない。「……こんな気持ちなんだね」

「ん？」

「毎週さ、火曜日に新作のレビューしてたけど、開発者の人ってこんな気持ちだったんだね。あのときは、好き勝手いろいろ言ったけど。いま逆の立場になったらさ……めっちゃ怖い」

「……うん。俺もめっちゃ怖い。でも……なんて言われたとしても受け入れられると思う。キキちゃんと俺が一緒に作った最初の一個だから。これからきっと何十個、何百個とスイーツを作ると思う。でも俺、一生忘れないよ。俺たちの最初の一個」

「……うん。私も。私も忘れない」

樹木は検索マークをタップした。

すると、大勢の人がアップしたリラックシュ～の画像が画面いっぱいに現れた。

「『ココエブリィ』を代表するスイーツになるかもしれませんね」

誠がある人のインスタの感想を読んでくれる。樹木もおそるおそる見てみると『めっちゃおいしかった』『コンビニの域を超えている』など、ほとんどが肯定的な意見だった。樹木はホッと胸を撫でおろした。

その夜、浅羽がエレベーターに乗ろうとすると、どっと人が降りてきた。やり過ごしてから乗りこむと、奥に里保がいた。

「初日からすごい売れ行きね。想定内？」

「ああ。……と言いたいところだが、想定以上だ」

「ほんと台風みたいね、井上さんて。この前の会見もよかったよ。ターゲットは社長です！ってやつ」

「……あれは焦ったな」

浅羽は思い出して薄く笑った。

「あれも想定外？」

「彼女は想定内だったことがない。困ったことにな」

「……本当は困ってないでしょ？　だって嬉しそうな顔してる」

「まさか。彼女はどうにも読めない。ああいうタイプは怖い。目が離せないよ、ほんと」

「……そう」

「どうした？」

「……ううん。ほんとまっすぐで素直で……羨ましいな」

「井上さんは君を尊敬してる。自分を受け入れてくれて、優しい人だって言ってた」

「……意外。そんな話するんだ？」

「たまたまね」

浅羽が言ったとき、スイーツ課のある階でエレベーターが停止し、ドアが開いた。

「私も頑張らないとね！　じゃあね。お疲れさま！」

里保は笑顔で浅羽に声をかけ、降りていった。

夜になり、会社に戻るという樹木を、誠がバイクで送ってくれた。

「ありがと、送ってくれて」

「大丈夫？　つぶれてない？」

誠は樹木の手元の紙袋を見た。中には今日発売のシュークリームが入っている。上目黒店で買ったものだ。

「うん、大丈夫。ありがとう」

「……あのさ、なんでそれ、拓兄ィに渡したいの？ 直接お礼っていうか、渡したいんだよね」

「これ作らせてくれたのは、社長だし。やっぱ、拓兄ィにとっても、これは最初の一個だもんね」

「……そっか。そうだね。キキちゃんと拓兄ィにとっても、これは最初の一個だもんね」

「これ渡してやったら、どんな顔すんのかなぁ」

「写真撮っておいてよ。拓兄ィのリアクション」

「おっけ！」

「あ、俺、ここで待ってるよ」

「ううん、大丈夫。ありがとう」

樹木は誠に手を振り、紙袋を手に入口に向かった。


上昇していくエレベーターの中で、樹木はスマホを取り出した。ネットニュースを検索して、新作発表会のニュースの写真の一枚をタップして見る。浅羽と、ぎこちない笑顔の樹木のツーショットが出てきた。そのショットをスクショして、へへ、と肩をすくめる。

高速で上昇するエレベーターの中で、気持ちもどんどん高まっていった。ようやく社長室のあるフロアに着き、小走りで社長室に向かった。心臓がドキドキ音を立てる。でも社長室の中は真っ暗だった。

「明日渡せばいいか……」

拍子抜けしてしまい、がっくりと紙袋の中身を見つめた。

照明を落としたスイーツ課のフロアで、里保は一人ぽつんと座っていた。タブレットを見つめてはいるけれど、何をするでもなくぼんやりと頬杖をついている。浅羽は少し離れた場所の柱に上半身をあずけてしばらく見ていた。

「里保」

迷っていたが、声をかけた。

「びっくりした！」

里保は立ち上がり、振り返った。「なに？　どうしたの？」と、問いかけてくるが、浅羽はズボンのポケットに両手を突っ込んだまま、黙って里保を見ていた。

「……ん？」

里保が笑顔で首をかしげる。

「笑わなくていい。無理して笑うな」

「……やめてよ、そういうの」

里保は浅羽から顔をそむけ、手を口元にあてた。その肩が、小さくふるえている。浅羽はそっと近づき、里保の肩に手を置いた。里保はくるりと体の向きを変え、浅羽の肩に顔を埋めた。浅羽はそのまま片手で里保を抱きとめた。

「……ほんとは、悔しかった」

「……うん」

浅羽は声にならないくらいの声で、小さく頷いた。

「……悔しい」

「……うん」

浅羽はもう片方の手も里保の背中に回し、優しく抱きしめた。

樹木はスイーツ課のフロアに下りてきた。紙袋を冷蔵庫にしまっておこうと歩いてくると、浅羽と里保の姿が目に飛び込んできた。

あまりの驚きで声も出なかった。激しく動揺しながら、すぐにくるりと背中を向けて廊下に出た。さっきよりもずっと、心臓が高鳴っていた……。

第4話

両想いになりたい！　初めての旅行とキス

スマホが鳴っている。目を覚ました樹木は、もぞもぞと手を伸ばしてスマホを探り当てた。

「……はい」

「大丈夫……？」

かけてきたのは、誠だった。

「別に大丈夫だけど……」

体を起こすと、シュークリームが入った紙袋が目に入った。一瞬、ここがどこかわからなかったけれど、狭い部屋と目の前のパソコンを見て、ここがネットカフェの個室だと思いだした。その途端に、里保をハグしていた浅羽の姿が蘇ってくる。

「初日の売上げ最高記録だったって。すごい盛り上がってるよ。早くおいでよ」

誠がはずむ声で言う。時計を見ると、もう出勤時間だった。

前の日と同じ服装で出勤した樹木は、三田村と誠と三人で社長室に呼びだされた。

「好調な滑り出しです。三田村課長、開発担当の井上さん、新谷さんには心から感謝申し上げます」

一分の隙もなく整った表情で言う浅羽を、樹木は正視することができずにいた。

「さっそく次の新作スイーツに取り掛かっていただきたい。一つ提案があります」

浅羽は手にしていたタブレットを三田村に渡した。『山梨県とココエブリィの包括的連携協定』とある。

「『ＳＤＧｓ』持続可能な開発目標はご存じですよね」

「もちろんです。自然環境やフードロスを考えた商品開発は今の時代、作り手としての責務ですから」

「山梨県のりんご農園は例年台風に遭い、先日もまた被害に遭っている。そういう被害にあったりんごを使う想定のスイーツを開発してほしい」

「傷のあるりんごで……？」

今ひとつピンとこない樹木の横で「ちょっと難しいな……」誠は首をひねった。

「ま、商品化には至りませんでしたが、北川さんのシュークリームのコンセプトは素晴らしかった。彼女ならこの難しい企画もうまくまとめてくれるんじゃないでしょうか」

浅羽が言うと、三田村が「そうですね」とうなずいた。

「期待してます」

ほほ笑む浅羽の顔を、樹木は最後まで見ることができなかった。

ベンダーの工房には、傷だらけの林檎が山ほど届いていた。とりあえず、里保と誠と樹木の三人で味をたしかめてみた。

「やっぱり大きさが不揃いだと味にもバラつきあるね。まずは均一にしないと。ミキサーに掛けてみて」

里保の指示で、誠はさっそく林檎をむき、ミキサーにかけはじめた。

「よかったな、北川。次に繋がって」

ミキサーの音が大きくて聞こえず、里保は「え？」と、声を張り上げた。

「張り切ってるな！」

「プロジェクトリーダーなんて任されるの初めてだから！」

里保の言葉が聞こえなかった誠が、「え？」と首をかしげる。

「そう！　張り切ってる！」

大声でやりとりしていた二人は笑い合った。そんな中、樹木は里保をぼんやりと見ていた。

「キキちゃん？」

誠がミキサーを止め、樹木を見た。

「……あ、レシピ……印刷だ」

樹木はバタバタと工房を出ていった。

「昨日拓兄ィと何かあったのかな」

誠はぽつりと言った。


里保に話したいことがあると言われ、誠たちは終業後、飲みに来ていた。

「抱かれた？　昨日？　拓兄ィに？」

話を聞いた誠は飲んでいたビールをプッと吹き出した。

「バカ！」

里保はテーブルの向かい側から身を乗り出して誠の腕をはたいた。「ハグよ、ハグ。変な言い方しないで」

「……ああ、それでキキちゃん」

誠は、樹木が今日一日、様子がおかしかった理由が、なんとなくわかった。

「キキちゃん？」

「あ、いや……んで？」

「……だからちょっと新谷に聞いてみたくて。別れた女に男がああいうことするのって、どういうつもりなのかなって……」

「俺思うんだけどさ……拓兄ィがここ来て最初に手を入れたのがスイーツ課だろ。会社のためとかもっともらしいこと言って、でも、本当はもう一度会いたかったからなんじゃないの、北川に」

誠は、思っていたことを率直に言った。里保は考え込んでいる。

「そういう北川はどう思ってんの？　拓兄ィのこと。いいじゃん、意地張ってないでヨリ戻せば」

「そんな簡単に言わないで……」

「俺、嬉しいよ。もともと二人を引き合わせたのは俺だし。なんであんなふうに別れちゃったんだろうってずっと思ってた。二人には幸せになって欲しい。応援してる」

誠の言葉を、里保はじっと聞いていた。

翌朝、樹木がぼーっとしたままセキュリティゲートを通ろうとすると、ピコーンと音が鳴り、引っかかった。

「あなた関係者？　社員証は？」

警備員が飛んできて、樹木は社員証をかざしていないことに気づいた。

「あれ、あれ、あれ？　いや、あるんですよ。ないだけで」

鞄を開けて中を探してみても、見つからない。しゃがみこんで、中身を探ってみた。

「朝から騒がしいな」

その声は……と顔を上げると、浅羽が顔をしかめて樹木の鞄の中を見下ろしていた。

「ぐちゃぐちゃだな。頭の中がそうだから鞄の中もそうなるんだ……あ、そこ」

浅羽が手を伸ばしてきて、社員証のストラップをつかんだ。充電コードやらイヤホンやらキーホルダーに付けた家の鍵やらがからまった状態で、釣り上げられている。

「なんだ、どうなってるんだ。知恵の輪だってこんな絡まらない。整理しろ、整理」

重たい社員証をポイと渡して行ってしまった浅羽の後ろ姿を、樹木はじっと見つめていた。

その後、工房の更衣室に行くと里保がいた。

「おはよう、樹木ちゃん、いいもの作ろうね」

すでに着替えを終えた里保は、さわやかな笑みを浮かべ、入れ違いに出て行った。その姿を見て、樹木はロッカーにコツンとおでこを打ち付けた。

「おはよ」

着替えて廊下に出ると、誠がいた。「どうした、おでこ、赤いよ」

「あたしバカだなって。頭の中よけいなことばかりで……切り替えなきゃ」

樹木は自分に言い聞かせるように言った。

神子が役員会議室に入っていくと、すでに役員たちが集まっていた。

「聞いたか。もうさっそく次のスイーツを作ってるらしい」

神子が皮肉めいた口調で役員たちに言うと「ええ、聞きました。実に楽しみです」「期待ですね」という予想外の肯定的な反応が返ってきた。どうしたことかと神子が驚いていると、浅羽が入ってきた。役員たちはいっせいに立ち上がり、頭を下げたが、この状況が神子には納得できなかった。

三人でランチに行こう。里保の発案で、樹木たちは昼休みに外に出ることになった。ロビーに下りていくと、スーと陸斗がいた。

「え、なんでいんの？」

「店長が呼び出されて」

スーが言う。

「なんかやらかした？」

「違う違う。シュークリーム爆売れで」

陸斗が言う横で、スーは会社内を見回していた。「こんなすごいとこで働いてんだね、キキ」

「あら、お揃いで」

そこに、スーツ姿の上杉が降りてきて「はい、金一封いただきました！　恋する火曜日のチョコっとリラックシュ～の売上げ全国一位でしたっ！」と、目録を掲げた。

上杉が金一封でご馳走を食べようと提案し、みんなは中華レストランで円卓を囲んでいた。誠と里保も一緒だ。

「里保さんがそのプロジェクトのリーダーなの」

樹木は隣に座った上杉に、新しいスイーツを開発していることを話した。

「へえすごい。若いのに」

上杉が言うと、里保は「そんなことないですから」と、謙遜した。

「でもさっき表彰式で社長が褒めてたよ。スイーツ課には若くて優秀な人がいるって。北川さんのことじゃない？」

「あ、絶対そうスね」

陸斗が言ったが、スーは「キキのことかもよ」と、樹木を見た。もしかしたらそうかも、と樹木はちょっと期待してしまう。

「井上さんは優秀じゃなくてユニークだから」

上杉は即座に言った。すると「あ、わかる」「俺も」「うん」と、スー以外のみんながうなずいた。

「うん、優秀ではない」

上杉は改めて言い、目の前の北京ダックを取ろうとしたが、樹木はクルッと円卓を回した。

「でも不思議。フツー、スイーツ作りたいってなったら専門店のパティシエ目指しません？」

「たしかに。なんでコンビニスイーツなんスか？」

スーと陸斗が里保に尋ねた。

「たくさんの人に私の作ったスイーツ、食べてもらいたくて。コンビニスイーツっていつでもどこでも誰でも同じ味が手軽に楽しめる。そんなスイーツはほかにありません。だからいいものを作って届けたい」

「へえ、しっかりしてますね」

「大人だわ」

「モテそうだし」

上杉たち上目黒店のみんなが里保を褒めた。里保は「全然全然」と否定しているが、

「謙遜しちゃって」

上杉は言った。ムカついたので、樹木はまた北京ダックを取ろうとしている上杉の前の円卓を回してやった。


一岡は神子につきあって、手芸用品店の生地売り場に来ていた。

「衣裳作りなんて、ちゃんとパパしてるんだ。なんの役？」

「〝がらがらどん〟。ヤギたちが橋の上でトロルに遭遇するんだよ」

上岡は〝がらがらどん〟を知らない一岡に説明を始めた。

「そいつにヤギは食われそうになるんだ。すると一匹目が言う。次に来る方が大きいからそっちを食べた方が得だよ。二匹目もそう言う。で三匹目。立派なヤギが腹を空かせたトロルをやっつける」

「なるほど。知恵と協力は大事ってことね」

「違うな。信じる者はバカを見るって話だ」

神子は父親の顔から、何かを企むような表情になった。「役員たちが浅羽になびき始めてる。身を捧げると言った浅羽の言葉に、嘘はなかったと思い始めてるらしい」

「信じてないのはあなただけよ」

「そうかな……あれ、糊がないなあ」

神子ははぐらかすように別の棚を探しにいった。


「おはよ！」

翌朝、誠は出勤してきた樹木にロビーで声をかけた。

「テンション高……なんかいいことあった？」

「まあね。聞いたらきっとキキちゃんもテンション上がると思うよ。今人気の『鳴《めい》』」

誠はスマホを取りだして、じゃ〜ん、と、画面を見せた。高級和食店のホームページだ。

「おお、三ヶ月先まで予約埋まってるってとこじゃん」

「そうそう。ここの和スイーツが絶品なんだよねー」

「知ってる知ってる」

「ここのオーナー、フットサル仲間でさ。ムリ言って予約入れてもらった。だから今日……」

「マコっちゃん彼女いたんだね。そこって大人のカポーが行くとこじゃん」

樹木は誠の言葉にかぶせて言ってきた。どうやら誠が彼女と行くと思っているらしい。

「いやいやいや……」

「じゃあ今日は早めに終われるよう、作業頑張ろうね。よっし！」

そして樹木はエスカレーターを降り、じゃあ後で、と、着替えに行ってしまった。誠は社長室に行き、崩れるようにソファに転がった。

「どうした、しょぼくれて」

誠を見ている浅羽に、今夜空いているかと尋ねた。

「空いてるけど」

「今夜七時。『鳴』」

誠は先ほどの画面を見せた。

「誘ってる？」

「は？　譲ってやるから二人で行って来い。振り回してないで、ちゃんと気持ち伝えろよ」

それだけ言い、誠はやけになったようにドスドスと歩きながら、社長室を出た。


神子はエクサゾンの都築を訪ねていた。用件を済ませて、廊下に出てくると、別れ際にさりげなく、口を開いた。

「ああ、先日のお礼を言い忘れてました。足を運んでくださってありがとうございました」

「いい発表会でしたね」

「浅羽とはずいぶん込み入った話をされてたようでしたが」

「まあ、仕事の話というのはいつも込み入ってますよ」

と、そこに部下がやってきて「部長、次の会議が始まります」と、都築に声をかけた。

「ああ。申し訳ない。それでは」

都築が行ってしまうと「『ココエブリィ』の神子専務でいらっしゃいますよね。ご挨拶させていただいてもよろしいですか。私、澤木と申します。浅羽の同期の……」

澤木は含みのある言い方をして、神子を見た。

その夜、仕事を終えた誠が資料を持ってスイーツ課にやってくると、里保が残業していた。

「あれ、なんでいるの？　拓兄ィに誘われなかった？」

「え？」

「じゃあ……」

誠がホワイトボードを見ると、樹木の名札が裏返っていた。

カウンター席に案内された樹木は、店員に椅子を引いてもらい、腰を下ろした。

「すげー」

高級感に圧倒され、声が漏れてしまう。そして、隣に座る浅羽を見た。「あの、なんであたし……？」

「どうせ暇だろ」

「そういうことじゃなくて……」

「実は急に新谷に譲られたんだ」

「ああ、そういえば予約取れたとかって朝……」

「ここはスイーツの評判もいい。君ならいい勉強になると思って」

「でも勉強したい人ならほかにも……」

里保がいる。そう言いたかったけれど、

「お祝いだ、シュークリームがヒットした。君をいろいろ振り回した。まだ一度も気持ちを伝えてなかったな。ありがとう。今日は好きに食べろ」

浅羽の言葉に嬉しくなる。

「……て、自分で予約したわけじゃないじゃん」

「細かいことは気にするな」

「はあ？」

顔をしかめながらも嬉しくなって、いつのまにか笑顔になっていた。食事はもちろん飛び切りおいしかった。そして、料理と同じ、和風のデザートが出てきた。

「抹茶のあんみつ。おいしそう。りんごプリンを抹茶にしたら面白いのかなあ。この柿のコンポートだって、りんごにしてみたらちょっと感じ変わるかもだし……」

「いいな、もの作りは」

浅羽は樹木を見て目を細めた。

「え？」

「スイーツ開発に関わるようになって、そう思うようになった。俺はただデスクの上で数字を動かしてるだけ。でも君たちは違う。作りたいものがあって、届けたい相手がいて、その声が返って来る。楽しいだろうな」

浅羽の言葉に、樹木はここ最近抱えていた胸の痛みをさらに刺激された。

「……ないよ。楽しくないんだ、今……」

「君が？　どうして」

「……なんかダメな自分にずっとカラ回りしてる。漕いでも漕いでも、ずっとチェーン外れっ放しみたいな」

小さくため息をつき「まあいいや、食べよ」と、樹木はデザートを食べ始めた。

数日後、何度目かのりんごプリンの試作ができ上がった。スイーツ課のみんなに試食をお願いしたけれど、全員、微妙な表情だ。

「おいしくないですか……」

里保はみんなの顔を見回した。

「おいしいよ。プリンはプリン、りんごはりんごで」

「でも全体のバランスが悪い」

「北川がいてなんでこんなにまとまりないの？　全然ダメ。やり直し」

最後に三田村がダメ出しをした。


樹木たちはとぼとぼと工房に戻ってきた。

「どうする？　イチから考え直す？」

誠が里保と樹木を見た。

「……抜けます。あたし、なんか足引っ張っちゃってるから……」

樹木は言ったが、里保は「それは違う」と否定した。

「問題あるとしたらリーダーとしての私の責任で……」

「ううん。あたしに原因があることは、あたしが一番よくわかってるんで……」

「本気で言ってんの？　抜けるって」

　誠はいつになく厳しい口調で樹木を見た。

「このままじゃ二人に悪いし……」

「なんだよ、それ。やっとやりたいもん見つけたんだろ。スイーツ作りたくて作りたくてここに来たんだろ。キキちゃんのその気持ちってその程度のもんだったんだ？　がっかりした」

「偉そうに……何も知らないくせに……」

　樹木は思わず誠を睨みつけた。

「知ってるよ」

「何を？　マコっちゃんはいいよね。いつもどうするどうするって、アイデアも決断も他人《ひと》に丸投げで。楽な仕事だよね」

「なんだよ、その言い方……」

「もうやめよ。こんな言い合い、したくない。ちょっと頭冷やして来る……」

　里保は二人を制し、自分が出て行ってしまった。

「昨日楽しかった？　『鳴』、北川の代わりにキキちゃんが行ったんだろ？」

　誠は突然、話題を変えた。「あれ俺が譲ったんだ。拓兄ィが北川とやり直したいって言うから」

「やり直したい……？」

「あの二人、前につき合ってたんだよ。三年前に。拓兄ィとの飲みの席にたまたま北川を連れてったら意気投合しちゃってさ。結婚の話まで出てた。ちょっとすれ違うことがあって別れちゃったけど……偶然またこの会社で再会したんだ。社長と社員として。そんな再会するなんて、運命だよな」

浅羽と里保の間に何かがあるのは樹木も気づいていた。でも誠の口からこれまで知らなかった事実を聞き、頭が混乱していた。

「そう思わない？」

「うん、そうだね」

唇をかみしめていた樹木は、必死で笑顔を作った。だけど笑いきれなくなってきて……。

「ちょ……忘れもん……取って来る……」

樹木は静かに工房を出た。

私服に着替え、外に飛び出した。走って、走って、足が動かなくなって、橋のたもとに座り込んだ。スマホを取りだして、写真フォルダに保存してある浅羽とのツーショット写真を見た。チェックを入れて削除表示を出したけれど、どうしても消すことができず、泣き崩れた。

里保は廊下の壁に寄りかかって、ぼんやりと天井を眺めていた。

「楽しくなさそうだな」

声をかけられて顔を上げると、浅羽が立っていた。

「作業、うまくいってないのか？」と聞かれ、里保は素直にうなずいた。


街はところどころイルミネーションに彩られていた。あと一ヶ月もすれば、街はクリスマス一色だろう。里保は浅羽と並んで、川べりの道を歩いていた。

「あーあ。なんで私の周りって才能ある人ばっかりなんだろ。一岡さんも、井上さんも……井上さんてさ、天井ないんだよね。私はさ、何か新しく開発しようと思っても、まずコストだとか工場の設備だとか、そういうことばっかり考えちゃう」

「彼女が現実を知らないだけだ」

「すっごい自由で羨ましい。羨ましくて、素直に意見聞けなかった。きちんと検討もせずに井上さんのアイデアを退けたの……」

最初に作ったプリンがうまくいかなかったとき、樹木が「プリン、ムース、ゼリーとかって何層にも重ねるってのはどうですか？」と提案した。層ごとに色を変えて見た目を小さなパフェみたいにすればインスタ映えもするし、と、生き生きした表情で語っていた。でもそれを、工場の作業工程が増えることになるから、と、撥ね除けてしまった。樹木は「勉強不足ですみません」と落ち込み、その後、アイデアを出さなくなってしまった。

「結局自分に自信が持てないだけなんだ……ダメな奴だよね……」

里保は手すりにもたれ、川を見つめた。

「よかったな、ダメで。いいはそこで終わりだけど、ダメにはまだ先がある。まだまだ伸びるってことだ」

浅羽も隣に並んで、二人で川を見つめた。

「ありがと。ちょっとだけ気が楽になった」

里保が笑うと「ちょっとだけ？」と、浅羽も少し笑う。

「あの頃、言ってくれたよね。一生懸命頑張るところが好きだって……。私もっと頑張る。才能ないんだから、もっともっと自分を磨くよ」

里保の言葉に、浅羽は優しくほほ笑み、うなずいた。

その頃、樹木はアパートで夕飯の支度をしながら、スーに話をしていた。

「こないだ会ったでしょ、里保さん。社長の元カノなんだって。びっくりだよね。社長と里保さんはね、運命で結ばれてるの。里保さん、ほんとキレイで優しくて大人で頭良くて。社長と並ぶとすごい絵になる。お似合いだよ……。そもそもさ、あたしなんかが社長と釣り合うわけないじゃん。だってこっちはこないだまでバイトだよ。ないないムリムリ。なに勘違いして舞い上がってたんだろ。バカだよねー……」

話しているうちに、玉ねぎを切っているわけじゃないのに鼻がツンとしてきた。

「諦めるんだ？　まだ何も始まってないうちから。いいのそれで？」

「だって社長はあたしのことなんてなんとも思ってないもん。そんなのわかってる……よけいなことして社長との関係が壊れるよか今のままの方がいい。毎日会える方がいい。側にいられる方がいい……」

「そっか。じゃ消しなよ、社長の写真」

スーは樹木のスマホを手に取り、差し出した。旧的不去《ヂウデブーチュー》、新的不来《シンデブーライ》。きっぱりサヨナラしちゃいな、その気持ちと。じゃないと次進めないよ」

樹木は浅羽とのツーショット画像をじっと見つめた。削除を押そうと指を伸ばすけれど、結局できずに何度も画面上を行ったり来たりしてしまう。けれどついに『削除』を押した。力が抜けてしまい、もうその場に崩れ落ちそうだ。

「今日は料理当番いいよ。寿司でもピザでもじゃんじゃん頼め」

スーは、ほい、と、樹木にリモコンを渡した。「今夜は朝までつき合ったる」

樹木は思いを振り切るように、ゲームの画像を見ながらリモコンを振った。

翌朝、樹木は工房に現れた誠に自分から「おはよ」と声をかけた。

「え？　これ、全部キキちゃんが……一人で？」

誠はピカピカに磨き上げられた調理器具を見て驚いている。

「昨日はごめんなさい」

樹木は深く頭を下げた。

「そんな、キキちゃんが謝る必要ないんだよ……悪いのは俺で……」

誠も言い合いの後、自己嫌悪に陥っていたようだ。

「マコっちゃんがそばにいてくれたから、シュークリームもできたし頑張ってこれた。あんなこと言った自分、昨日に戻って殴ってやりたい。だから仲直り……して」

樹木が小指を差し出すと、誠が小指を絡めてきた。指切りをして笑い合っていると、里保が「おはよう」と現れた。

「里保さん。昨日は無責任なこと言ってすいませんでした。ごめんなさい……」

「私の方こそ……途中で出て行ったりして。ごめんなさい」

二人は頭を下げ合った。その里保の指先にいつもはしてないネイルがされている。樹木は里保の心に小さな変化があったことに気がついた。

「里保さん、あたし、精一杯頑張ります。このりんごプリン絶対成功させましょうね！」

樹木が笑顔で言うと、里保の硬い表情もやわらいでいく。

「じゃ仕切り直して、イチから考えよう。意見たくさん聞かせて」

「了解っす」

樹木は勢いよく敬礼した。


その数日後、樹木は山梨へ出張した。『山梨県とココエブリィの包括的連携協定締結式』に樹木らスイーツ開発チームも同行したのだ。浅羽は県庁で記者会見をし、りんごプリンの試作を県知事、農家の人たちに披露した。「おいしい」「りんごがこうなると思わなかったですねえ」と声が上がり、樹木は里保と誠と笑顔でうなずき合った。

「このあとぜひ農園の方も見て行ってください」

農家の人が浅羽に声をかける。

「はい！　ありがとうございます！」

端の方に立っていた樹木は大きな声で答えた。浅羽は「君が答えるな」という目で樹木を見ているが、農家の人たちは声を上げて笑い、空気が和んだ。

好きなりんごを取っていいと言われ、樹木は木に向かって走っていった。

「これ！」

樹木は大きなりんごをもいで新鮮な匂いを嗅いだ。

「あ、これおいしそう」

里保が背伸びしてりんごを取ろうとしていると、浅羽が近づいていき、取ってあげた。

「ありがとう」

二人がほほ笑み合っている様子を樹木が見ていると、誠が「キキちゃんキキちゃん、見て見て。これめっちゃデカくない？　ほら」と、りんごの木の下に立って声をかけてきた。

「ホントだ。マコっちゃんどっちだ？」

りんごと顔を並べている誠の顔を、ふざけて叩いてみる。樹木たちがはしゃぐ様子を、浅羽と里保がほほ笑ましそうに見ていた。


あっという間に帰りの時間がやってきた。帰りの駅で、誠と里保は土産を買っていた。

「なんか修学旅行みたい」

「ああ、幹事タイプだよな。北川って」

「新谷はパシリタイプだよね」

なんだそれ、と、二人は笑い合った。

「なあ、ちゃんと聞けてなかったんだけどさ、拓兄ィとやり直すことに……したんだよな？」

「まだ初めの一歩。初めの一歩だけまず歩み寄ってみようって」

「お互いにだろ。いい感じだよ」

「そっちも。樹木ちゃんといい感じだよ。お似合いだと思うんだけどなあ」

「バカ。何言ってんだよ……」

誠は照れながら否定した。


先に買い物を済ませていた樹木と浅羽は、ホームのベンチに座っていた。

「なんか変な感じ。こんな遠いところにいるの」

「ああ、君は出張が初めてなんだな」

「出張か……大人な気分。でも仕事っていうより旅行みたいで……楽しかった」

「ちゃんと働け、と言いたいところだが俺もだ。前は思いもしなかったな、こういう仕事をするなんて」

浅羽はあたりの景色を見回し、心地よい風を気持ちよさそうに受けている。

「……社長、前に里保さんとつき合ってたんでしょ？　お似合いだね」

浅羽が眉をひそめて樹木を見る。樹木は口角を上げてかすかに笑った。

「なに？」

樹木は浅羽の横顔を見つめた。

「どうだかな」

「今でも」

「え？」


東京に着くと、もうすっかり暗くなっていた。

「メシでも行くか」

時計を見て言う浅羽に、里保が「そうだね」とうなずいた。

「……あたし会社戻るんで」

樹木は言った。

「どうして？　お疲れさま会しようよ」

里保が引き留めたが、

「新しいアイデアひらめいたから。すいません」

と、樹木はみんなに手を振って今出てきたばかりの駅の方向に戻った。

「キキちゃん！」

しばらく歩いていると、誠が追いかけてきた。

「送ってくよ、家まで」

「家？」

樹木は首をかしげた。

「会社戻るなんて嘘だろ」

「……どうして？」

「だって昨日、山梨行くなら社員証とかいらないよね、って俺に訊いたじゃん」

たしかにそうだ。誠は鋭い。樹木は言い返すこともできずに、うつむいた。

「出張、疲れるよな。早くベッドに倒れたい気持ち、俺もわかる。送ってく」

バイク停めてあるから、と、誠は言った。


終業時間は過ぎたが、一岡は会社に残り、デスクで仕事をしていた。と、大きな音を立ててドアが開き、神子が入ってきた。全身に怒りがみなぎっているのがわかる。

「やっぱりそうだった。浅羽はうちに愛情なんかなかったんだよ」

「は？　なんの話？」

「清水香織と頻繁に会ってるそうだ」

何を言っているのか、一岡にはすぐにはピンと来なかった。たしか今日、神子はエクサゾンで浅羽の同期だった澤木という男性と会うと言っていたので、何か聞いてきたのだろう。

「エクサゾンを辞めてまでココエブリィの立て直しに力を入れてたのは、創業者一族の懐に入って気に入られるためだったんだよ。清水香織は持株を譲る相談を銀行と始めてる。浅羽は創業者一族を騙して、ココエブリィを派手に売り飛ばすつもりだ！」

神子は近くにあったゴミ箱を蹴り飛ばした。


里保は浅羽と歩いていた。浅羽の側の手に土産物の袋を持っていたが、その袋を浅羽がちらりと見た。里保はさりげなく袋を反対側に持ち替えて、浅羽の手を握ろうとしたところ、スマホの着信音が鳴り、浅羽が足を止めた。

「はい、もしもし」

浅羽は電話に出ると、少し離れた場所に歩いていった。里保はもう一度袋を持ち替えた。

「今ちょっとよろしいかしら、浅羽社長」

電話は清水香織からだった。

「もちろんです」

浅羽は仕事モードの声に戻り、清水と話し始めた。

「ありがと。じゃまた明日」

樹木はアパートの前まで送ってくれた誠に礼を言い、歩きだした。すると、強く腕をつかまれた。

「ん？」

振り返ると、誠は何かを思いつめたような表情を浮かべて樹木を見ている。

「マコっちゃん？」

「……おやすみ」

誠が言うので、樹木は首をかしげながらも「おやすみ」と、また歩きだした。

「キキちゃん！」

呼ばれてもう一度振り返ると、誠が真剣な顔で近づいてきた。そしてまた樹木の腕を取り、そのまま顔が近づいてきて……。誠のくちびるが、樹木のくちびるに触れた。

「おやすみ」

すぐにくちびるを離すと、誠は照れくさそうに去っていった。

「……え？」

樹木は今自分に起きたことが信じられず、その場から動けずにいた。

第5話 ついに愛の告白へ！　さよなら大好きな人

せーの、でパンケーキの周りのフィルムを剥がすと、花が咲くようにクリーム部分が皿に広がった。樹木と里保はストロベリー、一岡はティラミスだ。

「……で、チューされたんです」

樹木は、ケーキが運ばれてくる前にしていた近況報告の続きを口にした。

「あー、って言ってもこれは友達の話なんですけど……」

樹木は言うが、里保と一岡は顔を合わせ、樹木自身の話に違いない、と、うなずき合った。そして一岡が「それで？」と先を促す。

「その人、彼女いるんですよ」

その言葉を聞いた二人は「はあ？」と顔をしかめた。

「いや、いい人なんですけど、なんか突然……」

「一つ、同意のないキス。これダメ。二つ、彼女いるのに他の子にキス。これもダメ。つまり、ろくでもない男」

一岡は言うと「男ってときどき、突拍子もないことするわよね。振り回されるこっちの身にもなってほしい」と、しみじみこぼした。

「……一岡さんて、好きな人いるんですか？」

尋ねた樹木を、里保が驚き顔で見た。

「なんか、そうなのかぁって。あ、結婚してるんですか？」

「結婚はしてない」

「樹木ちゃん、この中のクリーム……」

ぐいぐいいこうとする樹木を制した里保に「北川さんは？」と、一岡が尋ねた。

「……やり直したいと思ってるんです、元カレと」

里保はためらいつつ、口を開いた。

「元カレと？　それって、何がきっかけで？」

一岡が尋ねる。

「偶然再会して」

「別れた理由は？」

「すれ違いです。すごく忙しい人で、いつでもどんなときでも仕事優先。彼のことは応援したかったし、会えなくても平気って思ってるうちに、だんだん距離ができちゃって。大事な約束の日も、結局来なかった。で、別れたんです」

「今度は？　大丈夫そう？」

「相変わらず、忙しいことは忙しいんですけど。でも、再会したとき、もしかしたら、何かあるんじゃないかって」

「……それって運命じゃないですか」

樹木は自分の傷にわざわざ塩を塗るように、言ってみた。

「……だといいんだけど」

ほほ笑む里保の顔を、樹木はまともに見ることができなかった。

午後からは工房の仕事だ。着替えて入っていくと、誠と鉢合わせになった。

「キキちゃん、ごめん。この前のこと」

誠は樹木を見るなり、頭を下げた。

「……マコっちゃん、彼女いるよねえ？」

樹木は準備を進めながら、たしなめるように言った。

「彼女？」

誠が素っ頓狂な表情を浮かべる。

「だって、この前、人気のレストランがなんちゃらかんちゃら……」

「誤解だよ」

誠は樹木の言葉を遮って真剣な表情で言った。「本当はキキちゃんを誘おうとしたんだ。でも、なんか成り行きで彼女いるみたいな話になっちゃって……。俺がハッキリしない態度だったから、誤解させてごめん。俺、彼女はいない」

「あ、そっか……そうなんだ。ごめん、勘違いしてた。じゃあ、気にしないで。私も気にしない。そしたらもうこれまで通り……」

「嫌だ。俺……」

「いたー！　井上さん！　ちょっと来て。いいからいいから！」

と、そこに突然、藤野が駆け込んできた。


藤野に連れられてスイーツ課に戻った樹木は、自分に取材依頼が来たのだと聞かされた。浅羽に経済誌『ＮＥＸＴ　ＯＮＥ』の取材依頼が来たのだが、スイーツの開発者も一緒に話を聞きたいという申し込みだったのだという。

「取材？　無理無理無理無理！　何しゃべっていいのかわかんないし……」

「そんなの原稿用意しておけばいいだろ」

「いい宣伝になるしね。社長が一緒ならなんかあってもフォローしてくれるって」

「受けてよ、井上さん。お願い、会社のためと思ってさ」

みんなはお願い、と両手を合わせている。樹木が困惑しながら里保を見ると、おどけた表情で両手を合わせて、みんなと同じように拝むポーズをした。

「はい、決まり」

三田村が言い、樹木は浅羽と一緒に取材を受けることになった。


数日後の取材日、まずは浅羽の写真撮影から始まった。

「ちょっと目線外してみましょうか」

カメラマンに指示され、浅羽は慣れた様子でポーズを決めている。

「こうして改めて見ると、うちの社長ってかっこいいね。顎のゾーンかな……」

見学していた三田村が言うと、里保がほこらしげににっこりとほほ笑んだ。

「では、井上さん、社長の隣にお願いします」

カメラマンに声をかけられた樹木は小走りで浅羽のもとにいき、距離を空けて隣に立った。

今日は浅羽が買ってくれたオレンジ系のチェックのジャケットとセットのパンツスーツだ。

「もっと社長の近くに寄ってください」

カメラマンに言われ、ちょこっとだけ浅羽の方に寄ってみたが、まだ人一人分ぐらいスペースがある。

「何してんの？　もっと寄らないと」

三田村に声をかけられ、数センチ寄ってみた。すると、見かねた浅羽が樹木の腕をつかんでぐいっと自分の方に引き寄せた。二人の肩が触れ、ドキリとしてしまう。そのまま緊張した顔で突っ立っていると、

「表情が硬い」

浅羽が小声でささやいた。その瞬間に、記者会見のツーショット写真を削除して泣きはらした日のことが頭をよぎる。

「……無理だよ」

そうつぶやいてうつむいていると「はい、笑顔でいきましょう」と、カメラマンから声がかかった。樹木は腹をくくって、アイドル時代の作り笑いを発揮することにした。

へへっ、とにっこり笑って、Vサインを作ってみる。その様子を見て、浅羽も、見学していた里保や誠も、安心したように笑みを浮かべた。

そして浅羽の取材が始まった。

「スイーツで他社との差別化、独自性を出したいということですね」

「そうですね。疲れたときや甘いものを食べたいとき、『ココエブリィ』のあのシュークリームが食べたいと思いだしてもらいたいですね」

「社長自身は、甘いものは召し上がるんですか？」

「もちろん大好きですよ。甘いものは、人を幸せにしますから」

笑みを浮かべながら答える浅羽を見ていた樹木は「嫌いですよね？　甘いの」と、隣に立っている里保に小声で尋ねた。

「完全なるリップサービス」

里保も苦笑いだ。

「……でも、子どもの頃は好きだったんだよ、甘いの」

誠が言った。

「そうなの？　元々嫌いなんだと思ってた」

「じゃあ、なんで嫌いになっちゃったの？」

二人が尋ねると、誠は「……さあ」と首をひねった。

「これからクリスマスシーズンを迎えますが、新生『ココエブリィ』として浅羽社長の思いをお聞かせください」

「家族、恋人、友人、職場の人……誰であれ、クリスマスを一緒に過ごしたいと思う人がいるのは幸せなことです。みなさんが大事な人と過ごすときには、ぜひ『ココエブリィ』のクリスマスケーキを食べてほしいですね」

浅羽は笑顔で取材を終えた。


その後、樹木は里保と誠と中庭でランチをとった。でも樹木は緊張で何も喉を通らず、買ってきたのはドリンクだけだ。

「午後はテレビ取材だもんね」

「なんてしゃべればいいのか全然わかんないです」

樹木が里保に訴えたとき、スマホの着信音が鳴った。誠が自分の上着のポケットを探る。

「あー、やっぱ今年も来た。クリスマスの出動要請……実家から」

「出動要請?」

樹木が尋ねると「新谷の実家、洋菓子屋さんなの」と、里保が言った。

「クリスマスはかきいれどきでさ、子どもの頃から毎年毎年駆り出されるんだよ」

誠が言うと、里保はスマホのアルバムを樹木に見せた。

「これ、去年手伝いに行ったときの。で、一昨年はこれ」

エプロンをつけた里保と誠の両親と店の前で撮った写真だ。

「へぇ。人気のお店なんだ。実家がお店なのに、コンビニのベンダーになったんだ？」

「親父は継がなくていいって。小さい店だし、会社に入った方が安定してるし。でも本当にそれでいいのかなぁって思うときもある」

「そっか……」

「去年は助かったよ。北川が来てくれてさ」

誠は里保を見た。

「私も助かったけどね。寂しくなくて」

里保が自虐的に笑う。

「じゃあ今年も来てくれるかな？」

誠はマイクを向けるような仕草で尋ねた。

「今年は……行かない、と思う」

思わせぶりに言う里保を見ながら、樹木はまた複雑な気持ちになった。

樹木が撮影に行った後、里保たちは中庭に残ってランチの続きを食べていた。

「……大丈夫かな」

「ん？　何が？」

誠が尋ねたが、里保はなんでもない、と、とぼけた。でも誠がしつこく食い下がったので、口を開いた。

「キスされたんだって、樹木ちゃん。しかも、そいつ彼女いるんだって。最低じゃない？」

ホント、最低のクズ野郎。ぶん殴ってやりたい……と、里保が口をとがらせて言うと、

「……俺です。その最低のクズ野郎は俺です」

誠は肩をすくめながら白状した。

「え？　待って待って。やっぱり、新谷、樹木ちゃんのこと……」

「好きだよ……好きだよ、キキちゃんのこと」

誠は気持ちを爆発させ、そのままベンチの上にあおむけに倒れた。

「頑張りな、新谷。あんたいい奴なんだから」

「だってさっき、最低のクズ野郎って……」

「大丈夫、ここからが勝負。だって好きなんでしょ？　だったらいくしかないじゃん」

「うん。ていうか、北川はどうなんだよ」

「……わかってる」

里保はサラダの続きを食べ、誠は「あ〜」と、どうにもならない気持ちを吐き出すように空を仰いだ。

樹木と浅羽はテレビのショットインタビューを受けていた。

「一店舗のアルバイトである井上さんに、一大プロジェクトを任せることに不安はありませんでしたか？」

その質問の答えが気になり、樹木は浅羽の横顔をちらりと見た。

「井上さんは、嘘がつけない人です。まずいものはまずい。おいしいものはおいしい。好きは好き、嫌いは嫌い。本当に清々しいくらいはっきりしてる。そして、自分の作ったもので誰かを幸せにしたい、と本気で思ってる。その思いに嘘がない。どこまでもまっすぐで、熱があって……まあ、少々熱すぎるときもありますが。でも、彼女のその熱が周りの人間にも伝わって、やがて周囲を変えていく。そんな瞬間を私は何度も目にしてきました。もちろん私のことも。ココエブリィには、彼女のような人が必要です。私はそう信じています。なので、とくに不安はありませんでした」

樹木はその発言を聞き、嬉しいやら恥ずかしいやらでニヤニヤが止まらない。

「いやぁ、ノッてるね。社長のリップサービス」

そう言う三田村の後ろで、見学に来ていた里保は、複雑な表情を浮かべた。

その頃、神子と澤木はホテルのラウンジで清水香織と会っていた。神子は清水に澤木を紹介し「こちら、ココエブリィ創業家の清水香織さん。ココエブリィの非公開株式の大半を保有されています」と、清水を紹介した。

「エクサゾンの方ということは、浅羽社長とご同期でいらっしゃる……？」

「はい。彼とは元、同期でして」

「今日はお時間いただきまして、ありがとうございます」

神子は言い、清水に椅子を勧めた。

「いいえ。私も浅羽社長のことでお聞きしたいことがありまして……」

三人はそれぞれの思惑を胸に、テーブルをはさんで向かい合った。


里保たちはりんごプリンの試作品を、スイーツ課で試食してもらっていた。

「どうですか？」

「生のりんごいった？　勝負に出たねー」

三田村に言われ、樹木は得意げに胸を張った。生のりんごを使いたいと言ったのは樹木だ。山梨県庁でのプレゼンが好評だったため、富士ゴールドの規格外品も使わせてもらえることになった。ブランド品のりんごが使えるのなら生で、と、ひらめいたのだ。

「うん、食感があってうまい。でも皮が口の中に残るな」

「すごくよくなったけど食べやすさも大事かな」

「あとは見た目とか。年末に向けてクリスマス感を出すとか」

樹木は意見をメモにまとめ「じゃあ作り直してきます！」と工房に向かった。

「なんかめっちゃ張り切ってんじゃん、アイツ」

「社長にあんな風に言われたらねぇ」

スイーツ課のみんなは笑っていたけれど、里保と誠は素直に笑えなかった。


神子と一岡は会議室で会っていた。

「納得できないって顔だな。いつから浅羽派に寝返った？」

神子は、自分の報告を聞いた一岡の反応の悪いのが気にくわない。

「寝返ったなんて、人聞き悪いこと言わな……」

「俺は、この会社を守りたいんだ！」

神子は声を荒らげた。

「……それはわかってる」

「あいつは裏切り者だ。いや、最初から浅羽は『ココエブリィ』を守る気なんてなかった」

「私は、社長は社長で『ココエブリィ』のことを考えてると思う」

「このまま奴を野放しにしたら、『ココエブリィ』は終わりだ」

バン、と思いきり机を叩いて会議室を出て行く神子を見送り、一岡は手元のプリントを見た。神子が置いていったそのプリントは浅羽が清水に宛てた『株式買取提案書』だった。

「じゃあ私、メーカーさんに渡す材料リストまとめてくる。悪いけど、あとよろしくね」

里保は工房を出ていく直前に、誠の肩をポンと叩いた。そして、誠にファイト！　と、拳を握ってみせた。誠は勇気を出して樹木に近づいていった。

「……キキちゃん。あのさ」


スイーツ課に戻って作業をしていた里保はふとスマホを開いてみた。そしてＬＩＮＥの浅羽とのトークルームを開いた。

『週末、空いてる？』

少し迷ったけれど、エイッと思いきって送信ボタンを押してみた。気持ちが高ぶってきた里保は、スマホを手にしたまま「くう〜っ」と、ジタバタしてしまった。


週末、樹木と誠は遊園地に来ていた。

「で、なんで遊園地？　リサーチに行きたい場所ってここ？」

「だって一人じゃ来づらいじゃん？」

誠はスマホを取りだし、ネット記事を開いた。

「『口コミで話題になり、今ではこれを目当てに来園する人もいる……』だってさ」

今、この遊園地に来ている移動販売車の『鯛パフェ』が人気だと書いてある。タイ焼きの生地のクレープのようなスイーツだ。二人はさっそく移動販売車を目指し、すでにできていた列に並んだ。

「この匂い……絶対おいしいやつじゃん」

「鯛焼きのいい匂いがする～」

ようやく順番が来て、ふたりは声を合わせて注文した。

「えーと、マンゴーと、チョコと、黒蜜きな粉、ください！」

「申し訳ございません。ガスのトラブルで復旧にお時間いただくんですけど……」

復旧までどれぐらいかかるかわからないと店員が申し訳なさそうに言う。

「えっ、マジか」

二人が落ち込んでいると「あのぅ、よかったら一つどうぞ」と、声をかけられた。振り向くと、樹木たちの前に並んでいた女性が、二つのうち一つを樹木たちに差し出している。

「……あ、ココエブリィの店員さん、ですよね?」

「あ! あのときの!」

樹木も思い出した。樹木のシュークリームを買ってくれた常連さんだ。

「じゃ、デート楽しんでください」

女性は樹木たちに鯛パフェを渡して、去っていこうとする。

「いや、これは仕事で……」

樹木が慌てて否定しようとすると「ありがとうございます!」誠が横から大声で言い、頭を下げた。

「おいしい……! なにこれ……!」

「うんめえ~っ」

二人はベンチに座って、一つの鯛パフェを順番にスプーンで食べた。

「これラストいっちゃっていい?」

樹木はぱくりと最後の一口を食べると「アーモンド入ってるなあ」と分析した。そんな樹木を誠が笑顔で見ていた。

同じ頃、里保と浅羽は浅草でもんじゃ焼きを食べていた。浅羽は器用に焼きあげ、仕上げに青のりをかけている。

「いただきます」

一口食べた浅羽は、熱かったのか顔をしかめてハフハフしている。普段は見られない浅羽の様子を見て、里保は幸せをかみしめた。

樹木たちは遊園地で乗り物に乗った後、併設されている水族館で、チンアナゴを見ていた。

「わあ、はじめまして〜」

樹木がチンアナゴに声をかける横で、

「うわあ〜気持ち悪い」

誠は声を上げた。思わず睨みつけた樹木の反応に困惑している誠を置いて、樹木は大水槽のイワシの群れを見上げた。

「うわあ、すげえ〜イワシ」

「……キキちゃん」

誠が樹木の背後に立った。「この間のことなんだけど、ほんとごめんね」

「……うん。もういいって」

「でも、今まで通りじゃ嫌なんだ」

「え……？」

「俺ね、キキちゃんといると、いろんな自分に気づく。仕事で熱くなったり、泣きそうになるくらいの達成感とか、悔しかったり、自分で自分が嫌になったり……でも、そういうの全部ひっくるめて、なんていうか、楽しいんだ。キキちゃんといると、毎日こんなに楽しいんだなぁって。俺、キキちゃんと会えてよかった」

誠はひとことひとこと噛みしめるように言う。樹木は自然と笑顔になり、誠を見上げた。

「だから……俺、キキちゃんの特別になりたい」

水族館の淡い光の中、誠は真面目な顔で言った。樹木も真剣な表情で誠を見た。

「今すぐじゃなくていい。いつか、特別になりたい」

大真面目な顔で言った誠は、力を抜いてふっと笑った。誠の優しさを感じて、樹木ももう一度笑った。

「……ありがとう」


里保と浅羽は、隅田川沿いを歩いていた。

「今日はありがとう。つき合ってくれて」

「久しぶりに休日らしい休日だったよ」

浅羽が言い、二人はそのまま黙って歩いた。

「……私ね、いい彼女になりたかった」

里保は言った。「夢に向かって頑張ってるなら応援したい。わがまま言って、困らせたくない。そういう理解あるいい彼女に」

「君は悪くない。悪いのは、俺だ」

「……私たち遠慮しすぎてたのかもね」

里保は足を止めて、コートに突っ込んでいた浅羽の手をそっと握った。

「何も感じない？」

問いかけた里保を、浅羽はじっと見ていた。手を離そうとした瞬間、浅羽が里保を力強く引き寄せ、抱きしめた。

「……今度はめっちゃわがまま言うね」

里保は浅羽の胸の中で言った。

「めっちゃ？」

浅羽は驚いて体を離し、里保を見た。

「めっちゃ」

「……わかった。覚悟しとく」

二人は笑い合った。そして帰りの車の中で、里保はさっそくわがままを言った。クリスマスは空けておいてほしいと言うと、浅羽はうなずいた。

「そうだ。ね、なんでスイーツ嫌いになっちゃったの？　新谷から聞いた。子どもの頃は好きだったって」

「……食べすぎて嫌いになった」

「ふぅん。そっか。本当は嫌いじゃないなら、今年は私……プロがクリスマスケーキ作ろうかなって。でも、嫌いならやめとく」

里保は車から降り「じゃあおやすみ」と、手を振った。


翌日、樹木が工房の奥の部屋で探し物をしていると、誠と里保が工房に入ってきた。

「どうだった？　デートしたんでしょ？」

里保は奥に樹木がいることに気づかず、誠に尋ねている。

「めっちゃ楽しかった〜。で、そっちは？」

「うん。やり直すことにした」

里保の言葉が聞こえてくる。樹木は二人に気づかれないよう、息をひそめた。

重苦しい気持ちのまま帰宅しようとロビーに下りてくると、スマホが鳴った。取りだしてみると、浅羽から社長室に来るようにとメッセージが入っていた。

「今チェックして、気になるところがあれば言って」

浅羽は先日のインタビュー記事の校正紙を樹木に見せた。見開き記事で『新生ココエブリィ　浅羽社長と社員たちの挑戦』と大きなタイトルが書いてある。

「君のことだ、原稿だけ渡したところでチンプンカンプンだろう。一緒に確認した方が速い」

浅羽に言われて作業テーブルにつき、一つあけた隣の椅子に腰を下ろした。

「……あのさ、なんでスイーツ嫌いになっちゃったの？　前は好きだったんでしょ？」

赤ペンを手に、樹木は浅羽に問いかけた。

「食べ過ぎたから。それで嫌いになった」

「それは……嘘でしょ。私だってスイーツめっちゃ食べるけど、嫌いにならない」

「君と一緒にされても困る」

「だって、好きだったものをそう簡単に嫌いにはなれない。それにさ、ほら、甘いものは人を幸せにする。でしょ？」

「それは違う。甘いものが人を幸せにするんじゃない。もともと幸せな人が食べると、もっと幸せを感じる。それだけだ。一人ぼっちの奴が食べても、幸せにはなれない」

「社長は一人ぼっちじゃない……だよね？」

樹木は浅羽の横顔に声をかけた。浅羽は樹木を睨みつけるように見た。

「……うちには一家団欒なんてなかった。家族で食卓を囲むのなんて、クリスマスだけ。だから、自分でケーキを用意した」

小学生の頃、浅羽は誠の実家の洋菓子店にケーキを買いに行った。まだ飾りつけ前の小さなホールケーキを買い、自分でイチゴを飾り、チョコレートのプレートにメリークリスマスと描いた。それは絶対喜ぶよ、と、誠が言ってくれ、浅羽は喜び勇んで家に帰った。でもその夜、両親は激しく言い争った。ケーキは皿ごと床に落ちてぐちゃぐちゃになったが、両親はケーキがあったことにさえ気づいていなかった——。

「……食べてもらえなかった？」

樹木は浅羽に問いかけた。

「だから嫌いだ。スイーツも、クリスマスも」

浅羽は言い、赤入れ作業を続けた。

「……私が食べる」

樹木は思わず言った。「もしできるなら、そのケーキ私が全部食べる。全部、丸ごと全部」

浅羽は顔をしかめ、黙って樹木を見ている。

「そっか。私が食べても意味ないか。社長が一緒に食べたい人じゃないと意味ないもんね」

インタビュー原稿の校正紙に目を落とすと、浅羽と樹木の写真に『代表取締役社長　浅羽拓実』『社員　井上樹木』とある。樹木はしばらくその文字を見つめた。

「……インタビューのとき、言えなかったんだけどさ」

樹木はくるりと体を横に向け、改めて浅羽を見た。「私は、誰かを幸せにするスイーツをたくさん作りたい。それが社員として私ができることだから。社長の作りたいコンビニを、私も一緒に作りたい。それが、社員としての私の仕事で……夢です」

言いそこなった樹木の夢を、浅羽に伝えた。浅羽はまだ黙ったままだ。

「そうだ、りんごプリン。テストも順調だし、もう少しで完成します。りんごプリン、絶対おいしいから。完成したら食べてくださいね。約束……です」

樹木は話題を変えた。

「わかった」

浅羽はようやく、やわらかい表情になった。

数日後、都築が浅羽を訪ねてきた。

「お呼び立てして申し訳ありません」

「それで、株主の清水さんの方はどうだ？　買収は順調か？」

都築はにこやかに笑いながら、浅羽の向かいのソファに腰を下ろした。

「うちも早めに計画を進めたい。急いでくれるなら君にもっといい条件で出資し……」

「ストップします。この話、白紙に戻します」

浅羽は都築の言葉を遮って言った。

「何を言ってるんだ？　うち以外に売るつもりか？　どこだ？　いくら積まれたんだ？　だったらそこよりもいい条件を出す！」

都築は立ち上がり、怒り狂ったように浅羽を怒鳴りつけてきた。

「売りません」

浅羽は冷静に言った。「売りません、どこにも」

「意味がわからない。そんなことして、おまえに何のメリットがあるんだよ？」

都築は首を振り、もう一度ソファに腰を下ろした。

神子はとある飲食店の個室で、浅羽が表紙を飾った経済誌『ＮＥＸＴ　ＯＮＥ』の記事を読んでいた。

「澤木さんには感謝してますよ」

雑誌をテーブルに置き、向かいの席の澤木を見た。

「いえいえ。お役に立てて光栄です。ココエブリィの買収が成功した暁には、浅羽には何かしらの見返りを約束しているはずです」

「間違いありませんか？」

「ええ。都築さんと浅羽の間でね。自分のために利用できるものは利用する。浅羽はそういう奴です」

「なら、こちらもためらうことはないな」

「この世界は出し抜き合うのが普通。油断すれば、足をすくわれる。楽しみだなぁ、どんな顔するんでしょうね。この記事も、明日になったらただのゴミだ」

澤木は鼻で笑い、手にしていた雑誌をテーブルに放った。


翌日、会議室で定例取締役会が行われた。

「では、他になければ閉会ということで」

浅羽が閉会しようとしたとき「お待ちください」と、神子が手を挙げて立ち上がった。

「私から、提案したい議題があります。代表取締役である浅羽社長の解任緊急動議を上程いたします」

その言葉に、会議室内がどよめいた。

「浅羽社長は、うちをエクサゾンに売ろうとしている」

神子が言うと、役員たちは驚き、本当ですか、と、浅羽を見た。

「その通りです」

浅羽は立ち上がった。「エクサゾンの百パーセント子会社になれば、少なくとも経営基盤は強化される。つぶれるよりいい。どんな形であれ、生き残るべきだと。そう考えました。しかし今は、『ココエブリィ』でしか作れない商品が、提供できないサービスがある。それを追求するべきだと思い直しました。ですから今後は……」

「今さらですよ」

神子は浅羽の言葉を遮った。「いいですか、皆さん。浅羽社長が次々に改革案を出し、遂行してきたのは『ココエブリィ』のためじゃない。すべて自分のため、自分の野心のため。『ココエブリィ』をエクサゾンに売却する見返りに、実業家としての独立資金を出資してもらうよう、裏取引をしていたんじゃないですか。これは重大な背信行為です。あなたがここにいれば決議に影響します。退出していただけますか？　浅羽社長」

出て行けと言われ、浅羽は会議室を出た。すると、外のソファに清水が座っていた。

「ごめんなさい。やっぱり株をお譲りすることはできません。『ココエブリィ』の名前は残したいんです。短い間でしたがお疲れさまでした」

清水はまっすぐ前を向いたまま、浅羽に告げた。


「何かあったんですか？」

樹木たちが工房からスイーツ課に戻ってくると、大騒ぎになっていた。

「社長が辞めるって」

「ていうかなんか辞めさせられたらしいよ……これ」

里保はみんなが見ていたパソコンの画面をのぞきこんだ。人事発令が表示されているが、代表取締役の浅羽拓実が解任とある。

「解任……？」

里保も誠も呆然と画面を見つめている。樹木はくるりと背を向け、歩きだした。

「井上さん、どこに行くの？」

藤野が声をかけた。

「社長んとこ。行って聞いてくる」

「今さら行ってもどうしようもないだろ」

土屋が強い言葉で制したが、樹木はかまわずに駆け出した。

社長室に行くと、もう浅羽の姿はなかった。樹木は工房に行き、冷蔵庫からりんごプリンを取り出して地下駐車場に向かった。駐車場には革靴の音が響いていた。浅羽だ。

「社長！」

「どうした？　見送りか？」

浅羽は薄く笑いながら振り返った。

「これ、りんごプリン、完成した。食べるって約束したじゃん」

「……もういいよ、それは。聞いてるんだろ？　もう社長じゃない」

「どうすんの？」

「君の立場には何も影響はない。これからもスイーツ課で働ける」

心配するなと言い、浅羽は樹木に背を向けて再び歩き出した。

「そうじゃなくて。社長のこと聞いてんの！」

樹木は車に乗りこもうとする浅羽の背中に言った。「社長とマコっちゃんは友達だからまた会える。社長と里保さんは……恋人だからまた会える。でも私は？　私と社長は？　ただの、社長と社員。なのに、それすらなくなるの？　もう会えないかもしんないんだよ。二度と会えないかもしんないじゃん。行かないでよ……」

「……ありがとう」

浅羽はわずかに口角を上げて言い、運転席に乗り込んでエンジンをかけた。

「ちょっと待って！ ねぇちょっと待って！ 社長！」

エンジン音が響き渡る中、樹木は叫んだ。

「好きなの！」

浅羽のハンドルを持つ手が一瞬止まった。でもすぐに何事もなかったようにハンドルを握り、車を発進させた。

「ねぇ、待ってよ！ 社長！」

樹木は泣きながら走った。途中でプリンを入れた紙袋が落ちてしまったけれど、それでも走った。でも車はスピードを落とすことなく、走り去ってしまった。

「……バカ社長！」

樹木の叫び声が、駐車場に虚しく響き渡った。

第6話

再会…からのうれしはずかし温泉一泊旅行！　初めての社長の顔！

ほとんど眠れないまま、樹木は朝を迎えた。重い足取りで出勤すると、スイーツ課全員が、会議のために招集をかけられた。里保はもちろん、みんな一様に表情は硬い。

「アップリンの商品化は見送られることになった」

三田村の言葉に、樹木は「え？」と里保を見た。里保は無言でうつむいている。

「残念だけど、浅羽社長の解任とともにスイーツ改革の方もおしまい。次に開発予定だったパンプディングは以前の路線に戻すようにと神子社長代行からお達しが来た」

そういうことでよろしく。三田村はそう言って、会議を終わらせた。

会議室を出てスイーツ課に戻ってくると、廊下で待っていた誠が里保に声をかけてきた。

「拓兄ィ、どうしてる？　ＬＩＮＥしても既読スルーでさ。何か言ってた？」

「聞いてはいるんだけどね、大事なところははぐらかされちゃうっていうか。まだ気持ちの整理ついてないっていうのもあるだろうし……」

「そっか……」

誠はスイーツ課をのぞき、自分の席で沈んだ表情をしている樹木を心配そうに見つめた。

その日の終業後、樹木は誠と一緒に、浅羽の家に来ていた。気まずいから会いたくなかったのに、誠が自分一人だと行きにくいからと言って、無理やり連れてこられた。

浅羽の家は想像していた通り、高級住宅街に建つマンションだった。ガチャリとドアが開くと、いかにもオシャレな実業家の休日モードといった様子の浅羽が、顔を出した。手にはコーヒーカップを持っている。

「おう、急にどうした。どうぞ」

浅羽は軽い調子で言い、二人にスリッパを出した。さぞかし落ち込んでいるだろうと思って来たのだが、樹木も誠も拍子抜けして、顔を見合わせた。首をかしげたまま浅羽に視線を移すと、目が合ってしまった。途端に昨夜のことを思い出してしまい、樹木は慌てて目を逸らした。

「なんだ？」

浅羽はいつもの調子で樹木に尋ねてきた。

「いやあのその……やっちゃいましたかね、オウンゴール？」

樹木が言うと、浅羽は「は？」と眉根を寄せた。

「だからその、聞こえちゃったりなんかしたりした……？」

「聞こえた？　何が？　サッカーの話か？」

「あ、いや、素敵なお宅ですね、はい……」

「客なんて久しぶりだ。何のもてなしもできないが、まあその辺で、適当にくつろいでくれ」

浅羽はそう言うと、自分はハンモックに寝そべり、雑誌の続きを読みはじめた。

「……なんかムカつく」

樹木がつぶやくように言うと、誠も「同じく……」と、うなずいた。

「あのさ、何があったの……？」

「いろいろ噂になってるぞ。会社を乗っ取るつもりだったとか、清水香織とかいう創業家の女とデキてたとか」

樹木と誠が尋ねてみたが、浅羽は「言いたい奴らには言わせておけ」と、顔も上げない。

けれど浅羽の口から真実が聞きたいと、樹木も誠も強く主張した。

「終わったことをあれこれ弁解しても仕方ない。そういうのは嫌いでね」

浅羽はゆらゆらと揺れながら雑誌を読み続けている。

「……その感じ、知ってる。あたしもアイドルクビになった後、今は充電期間中とか言って強がってた」

樹木は記憶の糸を手繰りながら言った。

「……君と一緒にするな」

「気持ちってね、動いてないと腐るよ」

樹木は大まじめに言った。


そして小一時間後、浅羽は『ココエブリィ』上目黒店に連れてこられた。そして、バックルームでレモン色にグリーンの襟の制服を着せられた。

「かわいいっス」

「ピエロみたい」

「いやお似合いですよ、社長」

陸斗とスーと上杉は口々に言い、必死で笑いをこらえている。

「どうせ暇なんでしょ。あたし抜けちゃって大変なんだよ。手伝ってあげてよ」

樹木が浅羽に言うと、スーと陸斗は「そうそう。うちらずっと働きっ放し」「たまには旅行くらい行きたいっスよ」と、うなずき合った。

「だよねえ。ま、でも、今度の新しい社長さんは叩き上げだから、利益一辺倒じゃなくていろいろ現場思いの経営してくれるんじゃないかな……」

上杉の言葉を聞いた浅羽が顔をしかめて不快感を露わにすると「て、別に社長のことディスってるわけじゃないですよ」と、慌ててフォローしている。

「……もうけっこう。俺にここは似合わない」

制服を脱いで出て行こうとする浅羽を「だからダメだったんじゃん！」と、樹木は制した。

「会社の社長がさ、自分とこの制服似合ってないなんておかしいじゃん。一番似合ってなきゃダメだったんだよ」

「井上さんに一票」

上杉が手を挙げると、スーも陸斗も続いた。

「ま、とりあえず社長、接客から教えますので」

「その社長って呼び方、もう違くないスか？　もう店長の方が立場上だし」

「え、じゃあ……浅羽、君……」

上杉たちは勝手に話し合って呼び方を決めている。

「返事」

樹木に言われて浅羽が渋々「はい」と返事をしたとき、店で客が来た合図音が鳴った。

「こんばんは。新しい方入ったんですか？」

弁当を手にやってきた常連の指圧店の女性が、浅羽を見て樹木に尋ねた。

「そう。入ったんです。新人。今日から。ほら弁当、どうするか聞かなきゃ」

樹木が指示すると、浅羽は「……お弁当あたためますか」と、棒読みの口調で尋ねた。

「うわ、接客態度がどうのって前あたしに説教してませんでしたっけ？」

樹木はおおげさに顔をしかめた。

「お弁当あたためますか？」

浅羽はわずかに口角を上げ、やわらかい口調で尋ねた。


翌朝、店舗に出勤した浅羽はガラス窓にスプレーをして窓を拭いていた。そこに樹木がのぞきこむと、浅羽はもう一度スプレーをして樹木の前のガラスを泡で真っ白にした。樹木は腹を立て、ズカズカと店に入っていった。

「寄り道してたら遅刻するぞ」

「まずはいらっしゃいませでしょ。ちゃんとやってるか気になっちゃってさあ。まあ頑張って早く仕事覚えてくれたまえ、浅羽君」

樹木は浅羽が胸に着けている『研修中』の名札を見て、肩をポンと叩いた。

一岡が社長室の扉をノックして入っていくと、社長の椅子に座った神子が出迎えた。

「すっかりヒーローね」

「事実だろ。会社を守った」

神子は満足げにうなずいた。

「あなたがどれだけ会社を思ってるかはよく知ってる。でもね」

一岡はプリントを神子の前に置いた。

「パソコンに残ってた。浅羽社長がエクサゾンの都築部長に送った最後のメール。これがあの人の本心……」

浅羽が去った日に、一岡は社長室の社員たちと部屋を片付けた。そのときにパソコンに残っていたデータだ。「あんなやり方じゃなくて、きちんと話をすべきだった。あなたとあの人が手を組めば、もっといい会社になったはずなのに……」

「このメールに都築部長からの返信はあったのか」

「ないけど……」

「なら話にならない」

神子はプリントをすっと横に払いのけた。「スイーツ課はまた混乱してるそうだな」

「誰のせいよ」

「うちの客の大半は三、四十代の男性だ。あのままスイーツ改革を続けてたら赤字になってた……どうする？」

尋ねられ、一岡は「何が」と問い返した。

「俺は君にこのまま社長室に残って補佐をしてもらいたいと思ってる。でも君がスイーツ課に戻って彼らの力になりたいというなら引き止めはしない。どちらか好きな方を選ぶといい」

里保は自席のパソコンで、パンプディングの企画書を作成していた。

「北川、あんまムリすんなよ。社長に期待されて初のプロジェクトリーダーを任されたアップリンがこんな形でポシャったんだ。落ち込んでて当然」

三田村が声をかけ、土屋と藤野も「しばらく休んでもいいから」と言う。

「大丈夫です。むしろ仕事してる方が余計なこと考えずに済んで楽なんです。それにこんなことで腐っちゃったら目を掛けてくれた浅羽社長に申し訳ないから」

「できた奴だな。それに比べて……」

土屋はホワイトボードを見た。『井上』の名前の横に『店舗研修』と書いてある。

「なんだよなあ、店舗研修って」

「電話で聞いててもよくわかんなくて。バイトに教えてるみたいなこと言ってたけど」

「なんであいつが。要はサボりだろ」

土屋と藤野がぶーぶー文句を言ったが、三田村は二人を制した。

「まあ彼女も落ち込んでるんだろうから、今日のところは大目に見てやろうよ」


バイト時代は愚痴ばかり言っていたが、久しぶりにレジに入ってみると、実に楽しい。

「この商品一つにどんだけの人が関わって、どんだけの苦労があるとかってわかったらさ、ちょっとレジに立つ気持ち、変わるよね」

「私もキキのシュークリーム、発売になってから変わった」

樹木とスーがうなずき合ったところに、陸斗が廃棄用の商品を入れた箱を持ってきた。

「せっかく手伝ってもらったし久しぶりに好きなの持って帰っていいスよ」

「え、ほんと？　やったあ。これがバイトの醍醐味だよね。社長ももらって帰りなよ」

「必要ない」

我関せずという態度の浅羽に、樹木はつっかかっていった。

「廃棄を減らすのはいいことなんだよ。自分だってＳＧＤｓ？　とかって言ってたじゃん」

「ＳＤＧｓだ。まあ、これが醍醐味なら経験しとくか」

浅羽は素直に廃棄商品を選びはじめた。

翌日、一岡がスイーツ課に戻ってきた。

「今は大変な時期だと思うから少しでも力になりたくて。出戻りがいるのはやりづらいだろうとは思うけど、ごめん、またよろしく」

一岡が言うと、みんなはとんでもない、と否定した。樹木も一岡と仕事ができて嬉しい。

「ありがとう……既にいろんな噂を耳にしてると思うけど、私は浅羽社長の近くにいて、あの人のいいところもたくさん見てきた。だからスイーツ課の皆には、きちんと話しておきたいことがあるの」

一岡はみんなの顔を見回し、ここで話すのもナンだから、と、全員で会議室に移動した。

一岡は浅羽が都築に宛てたメールをプリントしたものをみんなに見せた。

「浅羽社長は売却を思い留まろうとしてた」

一岡の言葉に、みんなは驚きの表情を浮かべた。

「最近もの作りへの思いをよく口にしてたの。コンビニは特別な場所じゃない。いつもそこにある日常だからこそ、日々の幸せを感じられる場所にしなきゃいけないって」

たしかに、メールにはそのような浅羽の思いが綴られていると、樹木は感じた。

「ならそう言ってくれれば……」

　里保がため息交じりに言う。

「じゃあ社長は悪者じゃ……？」

　樹木は一岡に尋ねた。

「ないわよ。もちろん」

「よかった」

「スイーツ改革は浅羽社長の功績だと思う。その火を消したくない。改革はいずれ必ず復活させる。約束する」

　一岡は再びみんなの顔を見回した。


　上目黒店では、夜のレジ点検をしていた。なぜか五百円、足りない。

「いいよ。五百円くらい俺が出す」

　自分の財布から出そうとした浅羽を、スーが「そういうことじゃないから」と、制した。

「滴水成河《ディシュエイチャンハー》」

「原来如此《ユエンライルウーツウ》」

　浅羽が言うと、陸斗が「中国語しゃべれるんスか？」と、驚く。

「世界を相手に働いてたんで」

「で……今なんて？」

「そのたった五百円のために毎日汗水流して働いてるんだ、そう言われて反省した」

浅羽が言うと、スーは「はい、じゃあ探して！」と指示をした。あちこち探した末にホットスナックとレジの隙間にあるのを発見し、スーと陸斗はハイタッチを交わした。浅羽が笑顔でその様子を見ていると、店の外から視線を感じた。会社帰りの里保が、店の中をのぞいている。浅羽と目が合うと、里保はにっこりと手を振った。


「バイトって本当だったんだ……拓実が着るとハロウィンの仮装みたい」

外の自販機で温かい紅茶を買って飲みながら、里保は浅羽の格好をマジマジと見た。

「昨日電話したとき、バイトのことなんて一言も言ってなかったよね。びっくりしちゃった」

「言うほどのことじゃない」

「じゃ拓実にとって言うほどのことって何？」

里保はあくまでも笑顔で尋ねた。「聞いたよ、一岡さんに。売却をやめるメールが残ってたって。ちゃんと説明すれば神子さんだってわかってくれたと思うし、私たちだって味方になれたのに……」

「売り飛ばそうとしたのは事実だ」

「……これからどうするの？」

「新しい事業を始めたいという気持ちは変わらない。でもあんな形で会社を追われて、自分でも思っていた以上に堪えてたみたいだ。井上さんに言われたよ。気持ちは動いてないと腐るって。その通りだった。今はわかる」

樹木の名前が出てきたので、里保は黙った。

「解任されてからの数日間、俺は死んでたんだって。強引にここに連れて来られたけど、やってみたら毎日が驚きと発見の連続で面白いんだ。とりあえずこの制服が馴染むまで働いてみたら、今まで見えてなかった何かが見えるような気がしてる」

「……意外。そんなこと言うなんて」

「何より俺が一番驚いてるよ」

浅羽は、これまで里保が見たことのない表情で笑った。里保がじっと見ていると、浅羽が気づいて「ん？」と尋ねてくる。

「ううん、別に……ねえ、拓実。今度からは何でも私に話して。ね？」

里保が言うと、浅羽は「ああ」とうなずいた。

数日後、浅羽が『ココエブリィ』に出勤する支度をしながらテレビのワイドショーを見ていると、スタジオゲストとして神子が出演していた。

「今コンビニ業界は深刻な人手不足のようですが？」

司会者が尋ねる。

「ええ、レジの無人化を推進することで人材の有効活用ができると考えています」

神子が答えると、画面に無人レジの映像が映し出された。

「既に都内の店舗で試験的な運用が始まっています。また他チェーンに先駆けていち早く二十四時間営業を廃止、店舗裁量制を導入しました。人材こそ宝ですから」

神子は、自分が現場思いの社長だということをアピールし、にっこりと笑った。


浅羽が出勤すると、バックルームでスーたちがはしゃいでいた。二十四時間営業が廃止されたので、社員旅行に行くことにしたという。

「逆に休み取るよう言われるなんて思わなかったっス。ココエブリィの福利厚生、俺らも使っていいみたいだし」

「やっぱこういうことだよな、モチベーションって。今度の社長さんはわかってるわー……いや、ディスってないですよ」

陸斗と上杉がちらりと浅羽を見た。

「……どうぞ。楽しんで来てください。新入りですし店番をしときますよ」

「そういうこと言わないの」

「本当に結構なんで。お気になさらず」

どんなに固辞しても、上杉は浅羽にも来るように言い張る。どうやら浅羽の車が目当てだということだった。


スイーツ課のみんなは、樹木と里保が作ったパンプディングを試食していた。満場一致で里保のパンプディングが選ばれた。

「負けた理由、わかってるよね?」

誠が樹木に尋ねた。樹木は誠が止めても、りんごを使うことにこだわったのだ。

「うん……でもあたし、これからも変えるつもりないから。ごめんねマコっちゃん」

樹木はそう言って、スイーツ課を出た。休憩時間になったので、樹木はビルの外階段に座って、考え事をしていた。

「井上樹木さん、だったかな」

ふいに声を掛けられて顔を上げると、神子が立っていた。

「君は浅羽前社長が連れて来ただけあって、彼によく似てる。スタンドプレーが好きなようだね」

「すたんどぷれえ？」

樹木は首をかしげた。

「商品開発は以前の路線に戻すよう伝えたはずだ。浅羽はもういない。方針は変わった。クビになりたくなければ素直に従いなさい」

「よくわかんないけど、あたしを拾ってくれたのは社長だから。あたし社長の思い守ります」

樹木は立ち上がり、ビルの中に戻っていった。


一岡は神子の娘、茉由と二人でシュラスコレストランにいた。イケメン外国人スタッフが目の前で塊肉を切り分けてくれ、一岡は大げさにリアクションしてみたが、茉由は照れているのか遠慮しているのか、ずっとうつむいている。困っていると、ようやく神子が現れた。

「今日パンプディングの審査だったんだろ。さっき井上さんに宣戦布告されたよ。浅羽の方針を守るって。まるで俺が悪者だ」

席に着くなり、神子は一岡に仕事の話をしてきた。

「しょうがない。彼女は選ばれた人間だから」

「選ばれた？」

「人を動かす商品を生み出せる人。そういう人ははみ出しちゃうものでしょ」

「……君もね。いずれ浅羽の方針を復活させるつもりだろ」

「まあね」

一岡が挑戦的に言うと、茉由が「ケンカしてるの？」と、気にし始めた。

「してないよ」

神子が慌てて否定すると、今度は「じゃ好き、なの？」と、二人の顔を見る。

「ちょ、だもう」

一岡が声を上げたとき、浅羽と里保が二階の席に案内されながら歩いてきた。浅羽は素知らぬ顔で歩いていったが、里保は通り過ぎるときに「すみません」と頭を下げていった。

「あの二人そういう関係なのか？」

「……みたいね。元カレと再会したって、そういうことか」

一岡は納得したようにうなずいた。

「あんな男とつき合って何が楽しいんだろうな」

「そっくりそのまま向こうにも同じこと言われてると思う」

一岡は思わず本音を口にした。

浅羽と里保はワイングラスを合わせた。

「おめでとう。里保の初めての商品になりそうだね」

「ありがとう。今度の土日にモデル店舗でテスト販売されるの。会える？」

「いや、土日は微妙な研修に出なきゃならなくてね。気乗りしないけど仕方ない。楽な仕事はないいな」

「じゃその日は一緒にいられないんだ……」

里保は小さくため息をついた。

帰宅した樹木は、神子に逆らってしまったせいでクビになるかもと落ち込んでいた。

「今度の土日さあ、キキには大福の面倒見てもらおうと思ってたんだけど」

スーが元気のない樹木の顔をのぞきこみ、手書きの旅のしおりを渡した。

「何これ。温泉？　て、社長いんじゃん！　え、え？」

気分転換に樹木も行こう、と、スーが言う。

「ちなみに研修だから。ここ読んでみ。『①旅の目的。英気を養い、親睦を深め、より一層仕事に邁進してもらうことを目的とする』。ね。ビジネスライクだから」

スーは無理やり、樹木を説得した。


「なんで君もいるんだ？」

土曜日、集合場所に現れた樹木を見て、浅羽は顔をしかめた。だがかまわずに、スーが樹木を助手席に押しこみ、自分は上杉と陸斗と後部座席に座った。

「助手席に座るならちゃんと助手しろよ」

浅羽は言ったのだが、樹木は後部座席のみんなとスナック菓子を回し食べしたり、Ｃｕｐｉｄ時代の歌を大声で歌ったりと、道中は大騒ぎだった。初めこそ文句を言っていた浅羽だが、そのうちに楽しくなってきて、ハンドルを握りながらいつのまにか笑っていた。

「着く前に夜食べるビールとかおつまみとか、この辺で買い出ししとこ」

もうそろそろ到着というとき、上杉が言った。この人たちはどれだけ食べるつもりかと浅羽は信じられなかったが、みんなは宿に着いてから、夕食後が本番だと言う。だが周りにはスーパーもコンビニも見当たらない。樹木がスマホで探し、少し道をはずれたところにあるスーパーに向かうことになった。

浅羽が呆れるほどの大量のビールやお菓子やおつまみをカゴに入れ、レジに並んだ。と、前に並んでいた年配の女性が、重いカゴをレジの台に載せられずに苦労していた。

「手伝います」

陸斗がさっと載せてあげると、女性はお礼を言った。コートの下に看護師のような制服を着ていた女性は、近くの高齢者施設で働いているのだという。

「ここまで歩いて十五分くらいかしら。散歩するにはちょうどいいんですけど、入居者の人もだんだん歳取ってね。もうここまで来るのも大変な人が増えちゃって」

「ああ、それでこんなに。代わりに買い物してるんですね」

樹木は、自分たちよりも大量に買っている女性の買い物かごを見て言った。

「ずーっと施設の中にいるから。施設で売ってないものを食べたり着たりしたいのよね、みんな」

そんなことを話しているうちに会計が終わり、陸斗は再び手を貸して、買い物かごを袋詰めの台まで運んであげた。

「どうもすみません。助かりました。これ、お礼にサービスしときます」

レジ打ちの店員が上杉に夏の残りの花火をくれた。

「やったー！」

樹木たちが声を上げるそばで、浅羽は一人、考え事をしていた。

テスト販売の結果は上々だった。休日出勤し、一岡と三田村と売れ行きをチェックしていた里保は、評判がよかったことを浅羽に連絡した。でも既読がなかなかつかない。気にしつつも、会社帰りに誠の実家の洋菓子店を手伝いにいった。誠の父親が入院してしまったからと、店の手伝いを頼まれていたのだ。

「でもさ、何で樹木ちゃんに頼まなかったの？　私じゃなくて樹木ちゃんに頼めば、この土日二人で過ごせたでしょ」

里保は誠と二人でケーキを作りながら尋ねた。

「……アップリン作ってるときにさ、キキちゃんに言われたろ。俺はどうするどうするばっかりで自分からアイデア出さないって。人のに乗っかったり修正したりするだけだって。聞いてて耳が痛かったよ……俺、アイデア出せないからベンダーになったんだ。専門店のパティシエは一から十まで全部自分で考えて作らなきゃいけない。俺はそれができないから、実家継がずに逃げたんだ……。キキちゃんに頼んだら、そういうカッコ悪いとこ話さなきゃいけないだろ。見栄だよ。好きな子にカッコ悪いとこ見せたくなかったんだ……」

誠が話すのを聞き、里保はふっと笑った。

「バカにしたろ」

誠が口をとがらせて抗議したが、里保はそうじゃない、と否定した。

「樹木ちゃん、いいなあって。新谷にそんなに思われて」

露天風呂につかりながら、浅羽は先ほどから考えていたことを口にした。

「コンビニって移動できないんですかね？　コンビニから客のところに行くんですよ」

「いきなりなんの話？　そんなことより浅羽君は井上さんのことどう思ってんの？」

上杉は浅羽の求めていた答えではなく、トンチンカンなことを尋ねてきた。

「強いて言えばチンアナゴ。見てて飽きない。いい暇つぶしにはなりますね」

浅羽は答えたが、上杉も陸斗もその答えに納得していないようだった。


樹木とスーが風呂から上がると、浅羽と陸斗が浴衣姿で卓球をしていた。浅羽の浴衣姿とセットしていない髪にドキリとして立ち尽くしてしまう。

「そのままじゃ風邪ひくぞ」

浅羽にいつもの調子で言われ、樹木は「あ、はい」と、肩にかけていたタオルで生乾きの髪をわしゃわしゃ拭いた。

長風呂の上杉が出てこないので、浅羽たちは売店でお土産を選びだした。

「君はスイーツ課に買って帰らなくていいのか」

浅羽が樹木に声をかけてくる。

「旅行行くって言ってないから。そっちこそ里保さんにお土産いいの？　ほら、これとか」

「こういうの趣味じゃないと思う」

浅羽は樹木がいいと思ったキーホルダーを即座に却下した。

「あ、これ！　これいい！」

樹木はスノードームを見つけて手に取った。ドームの中にはクリスマスツリーを見上げる男女がいて、雪が幻想的に舞っている。

「クリスマスツリー？　温泉となんの関係もないじゃないか」

気がつくと、浅羽が樹木と顔を並べてのぞきこんでいた。顔が近すぎて、心臓がドキリと音を立てる。

「でもかわいいじゃん」

樹木は動揺を隠しながら言った。

「買えば？」

「自分で自分にお土産？　なんか寂しくない？」

そう言ったところに、買い物を終えたスーたちが夕飯に行こうと声をかけてきた。樹木はスノードームをそっと置いて、食堂に向かった。

里保が何度か電話をしても、浅羽は出なかった。今日一日連絡がついていない。

「……私、どうしたらいいんだろ」

店の片づけをしながら、里保は誠に言った。

「まだ自分の企画したスイーツ、一度も棚に並んだことなかったからさ、今度こそ絶対に並べたいって思ったんだ。それ見たら、拓実も喜んでくれるんじゃないかって。励ませるんじゃないかなって……でも、なんだか思い通りにいかないね……。つき合うってさ、嬉しいこと楽しいことは倍に、苦しいこと悲しいことは半分に、そういうことでしょ。なのに拓実は私に何も話してくれない。弱味を見せようとしない……」

「それはだから、拓兄ィも好きな女にカッコ悪いとこ見せたくないだけだよ。北川のこと変に心配させたくないってのもあるだろうし……ほら、言葉が足りない人だから。昔っから」

「本当にそれだけかな……」

里保がこの日何度目かのため息をついたとき、スマホの着信音が響いた。

「ごめん。俺だ」

誠のＬＩＮＥの着信音だった。

「……え」

そして、目に飛び込んできた陸斗のタイムライン画像を見て誠は言葉を失った。里保もその画面をのぞきこんでみた。豪華な夕食を食べる浴衣姿の陸斗の写真に『温泉最高。メシうま！』とコメントがしてある。そこには樹木と浅羽の姿もあった。いったいどういうことだろうと、二人はしばらくその画面をじっと見ていた。

「ま、こういうこともあるよな。俺がキキちゃんの予定聞かなかっただけで、別に内緒にされてたわけじゃないし……まだつき合ってもないし……逆に俺らが今一緒にいること向こうにも言ってないわけだし？　お互いさまってやつ」

誠は自分に言い聞かせるように言った。

「拓実が職場のつき合いで温泉に入って、宿に泊まって、みんなでごはん？　信じられない。拓実は樹木ちゃんの前では私と違う顔を見せてる。心を開いてるように見える……」

里保は、深刻な表情でつぶやいた。

「考えすぎだって。ほら、キキちゃんは無神経なとこあるから。人の心こじ開けるような。北川はそういうことしないだろ。だから拓兄ィも安心していつもの自分でいられるだけなんだって」

誠の前向きな考え方も、里保にはとても納得できない。

「樹木ちゃん、拓実のことどう思ってるんだろ……」

「え？」

「どう思う？」

里保が尋ねると、誠も黙りこんだ。


花火を終え、浅羽と樹木はバケツを片づけていた。

「こういうのもいいよね。東京の派手な夜景じゃなくてさ。人の暮らしを感じる」

樹木は山のふもとに点在する街の明かりを見下ろして言った。

「思ってもみなかった。こんなふうに職場の連中と旅行をするなんて」

「職場の連中じゃなくて仲間っていうんだよ、そういうの。みんないい奴でしょ」

「そうだな」

「バイトもいいもんでしょ」

「そうだな。バイトの大先輩にいろいろ教わったお礼をしなきゃな」

浅羽は浴衣の中から紙包みを出した。

「さっき、ろうそくとバケツを借りに行ったときについでに寄った。君にやる」

渡された包みを開けると、中からスノードームが出てきた。驚きと嬉しさで、樹木は言葉が出てこない。

「欲しかったんだろ」

「……いいの、ほんとに？」

「こんなもんでそんなに喜ばれちゃ逆に困る」

「わあ、見て。きれい」

樹木はスノードームを夜空にかざした。雪の舞うスノードームがキラキラと輝いている。

そして気がつくとまた浅羽の顔が近くにあった。樹木の心臓は爆発しそうだ。

「……ありがと」

「言ったろ。お礼だって。現場で働いてスタッフと接して客の声を聞いて、だんだん自分のやりたい方向が見えてきた。この旅行の中でも」

「旅行でも？　息抜きできてないじゃん」

「移動式コンビニってのはどうだ？」

浅羽は唐突に言った。「客に来てもらうビジネスから、客がいる場所に出向くビジネスにシフトするんだ」

「どゆこと？」

樹木は目をぱちくりとしばたたいた。

「ワゴンにコンビニを丸ごと載っける」

「丸ごと？　キッチンカー的な？　もうそういうのテレビで見たことあるよ」

「ああ。これまでは買い物が不便な地方の土地を走ってた。でも平日はオフィス街、土日はマンション前、それこそキッチンカーがニーズに合わせて都内を移動するように、走るコンビニがあったっていい。日常を運ぶんだ」

「日常を……」

「どこでも同じ店構えではなく、店ごとに個性を持つのが、俺の思い描く未来のコンビニの形だ。都内にコンビニの移動販売車を走らせれば、施設などにいて買い物に行けない人たちだけでなく、忙しく働く人たちにとっても新たな買い物体験を提供できるんじゃないか」

「都内をワゴンで」

「そう。走り回る」

「すごっ！　わくわくする！」

「だろ」

二人が目を見合わせたとき、ひらひらと雪が降ってきた。

「あ。雪――」

樹木は空を見上げた。

「寒いな。戻ろうか」

浅羽は宿の方に戻っていこうとする。樹木は慌てて浅羽の浴衣の袖をつかんだ。

「戻ってよ」

「ん？」

「社長に」

樹木は訴えた。

「そこまで考えてるなら戻って」

二人はしばらく無言で見つめ合った。そして、浅羽が口を開いた。

「君に伝えなきゃいけないことがある。あの日、言ったよな、俺に。好きだって――」

え……。

樹木はこの場から逃げ出したくなった。それなのに、浅羽から目を逸らすことができなかった。

第7話
好きが降る夜…運命は2人を離さない！

浅羽はゆっくりと口を開いた。

「君の気持ちには応えられない」

言葉が矢のように飛んできて、樹木の胸にぐさりと突き刺さった。

「ごめ……」

「ごめんなさい、あれは……冗談です」

樹木は慌てて言った。

「……冗談？」

「冗談っていうか、なんていうのかな、ほら、あれだ。その場の勢いっていうかノリっていうか……あのときはさ、もうこれで二度と会えないんだって思っちゃって、つい勢いでこう、変なこと言っちゃっただけ。だから、冗談……すみませんでした！」

勢いよく頭を下げた樹木を、浅羽は目を細めてじっと見ている。

「返してくれないか？」

「……返す？　何を？」

「時間」

「……はい？」

「君の好意に対して、どうやって返事すべきか少なからず頭を悩ませたあの時間を返せ」

「え、いやいやいや。だって、聞こえてるなんて思わなかったし」

「しっかり聞こえてた」

「ごめん。ほんとすいませんでした！」

樹木は急いで走り去った。


ようやく連絡が取れ、里保は社員旅行から帰ってきた浅羽の部屋に来ていた。

「……温泉楽しかった？」

ワインを飲みながら、尋ねてみる。

「騒々しかったが……ま、無駄ではなかった」

「珍しい。拓実がみんなで旅行に行くなんて」

「職場の連中が強引に……職場の仲間に強引に連れていかれてね」

「仲間……」

里保は浅羽の言葉に違和感を覚えながらも「あ、お土産は？」と、明るく尋ねた。

「こっちと、こっち。どっちがいい？」

どっちか選んでと、浅羽は同じ紙袋を二つ取りだした。

「じゃあ、こっち？」

選んだ紙袋を開けると、ゆるキャラのキーホルダーが入っていた。

「え、かわいい」

ちょっと不細工なところがかわいい、と、里保は言った。

「……そういうもんか」

浅羽はつぶやいた。

「これ拓実が選んだんじゃないの？」

「井上さん」

「はぁ？　樹木ちゃん？　何それ。ねえ、そっちはなんだったの？」

里保がはもう一つの紙袋を差した。受け取ると、中にはプレゼントの包みが入っていた。

「スイーツ発売おめでとう。夢が一つ叶ったね」

開けてみると、ネックレスだった。

「きれい……」

感激していると、浅羽がそのネックレスを里保につけてくれた。

「どう?」

「似合ってる」

里保はありがとう、と、浅羽に抱きつき、ソファに倒れ込んだ。


昼休み、誠は、久々に浅羽とランチしていた。

「これお土産な」

浅羽は、ポケットからお土産の袋を出して、差し出してきた。

「いや、今どきキーホルダーって……」

誠は苦笑いを浮かべつつ「……拓兄ィさ、温泉行くこと、北川にちゃんと言ってなかっただろ」と、言った。

「わざわざ言うほどのことじゃない」

「そうかな。俺だったら嫌だけどな。……好きな人が自分以外の人と楽しそうに温泉行ってたら」

「ただの研修だ。そんなんじゃない」

「言ってなかったけど、北川と俺、週末一緒にいたよ。実家に手伝いに来てもらった。二人きりだった」

誠が言うと、浅羽は一瞬、黙った。

「どう？　少しは心配するでしょ？」

「しない。だって、オマエはそういうことする男じゃない」

信頼されていることに悪い気はしない。でも「やっぱムカつくわぁ」と、誠は声を上げた。

「それで、おまえはいったい何を怒ってるのかな？　言葉にしてくんないとわからん」

「それ、拓兄ィにだけは言われたくない」

軽くにらみつけると、浅羽はふっと笑った。

「……でも、言葉だけでもダメだよな」

誠はしみじみつぶやいた。


浅羽は『ココエブリィ』のロゴ入りのキッチンカーを運転し上目黒店に乗りつけた。助手席には、この日休みを取った里保が乗っている。

「めっちゃいいじゃん！」「かわいい！」

店の外にいたスーと陸斗が笑顔で迎えてくれ、上杉は「これ、どこから調達したの？」と、尋ねてきた。

「ある人に協力してもらった」

浅羽はほのめかすように言った。

「でも、都内なんて至るところにコンビニありますよ?」

「需要ある?」

陸斗とスーはそう言いながらも、商品を積み込んでくれた。

「行ってきます!」

助手席から手を振る里保に、上杉たちは「行ってらっしゃーい」と、手を振った。

午前中は親子連れが遊ぶ公園、昼休みは工事現場の近く、夕方は学習塾の前、と、場所を変えて販売してみた。おにぎりやサンドイッチ、カップ麺、ホットスナック、肉まんなどの売れ行きがよく、一日目の売上は上々だった。


神子は清水から浅羽に出資したという話を聞いた。これからは店にモノを買いに行くのではなく、店の方からお客のところへ行く時代だと浅羽に提案され、清水も面白そうだと期待しているという。だが神子は「どうせうまくいかない」と踏んでいた。とはいえ『ココエブリィ』の業績は下降気味だった。

「スイーツの売上もいまいちね」

昼休み、一緒にランチを食べていてた一岡が神子に言った。「そろそろクリスマスケーキの企画も決めないと」

「クリスマスか……」

「ね、気づいてるわよね？　うちの客層が変わってきてたこと。あのシュークリームを境に、明らかにココエブリィに来る客層が変わったわ。今までの三十代四十代の男性だけとは違う、新しい客層をつかみ始めてた。復活してみる気ない？　浅羽さんのスイーツ戦略」

「……ない」

神子は即座に否定した。

「そうだ、一つ予約しておこうかな。今年のクリスマスケーキ」

「ホールを？　あなたと茉由ちゃんじゃ食べきれないわよ」

そう言った一岡を、神子は無言で見つめた。意味がわかっていない一岡をさらに見つめると、ようやく自分が誘われてることに気づいた一岡が、驚きの表情を浮かべた。

昼休み、樹木は公園にいた。上杉のＬＩＮＥのタイムラインの通知が来ていたので開いてみると、コンビニカーと仲間たちの写真がアップされていた。浅羽と里保も一緒だ。

「さぁて、やるか」

樹木は気持ちを切り替え『キキかじり』のアカウントでインスタグラムのライブを始めた。

「今日発売の『恋する火曜日のパンプディング』。まず、見た目。パンの上にのっかってんの、ホイップクリームが。めっちゃいい香り。では、いただきます！」

公園にコンビニカーを停めていた里保は『キキかじり』を見ていた。

『あ、うんまーい！　めちゃめちゃ卵。ポイントは中に入っているカスタードソース。うん、バニラの風味が効いてて、うまいのよ』

「樹木ちゃん……」

感激の声を上げる里保の後ろから、浅羽もスマホをのぞきこんだ。

『これなら何個でもいけちゃいますね……って、あ！　やばいやばい』

ライブ中に何かトラブルがあったらしく、樹木は画面の向こうで騒ぎだした。

「……相変わらず騒々しいな」

笑っている浅羽を見て、里保も笑った。でも里保は、なぜか胸につかえるものがあった。

翌日、出勤した里保が昼休みを終えて工房に行くと、誠が机に向かって何かを描いていた。ひょいとのぞきこむと、スイーツのアイデアだった。

「これ……自分で考えたの？」

「うん、そう。……みんなさ、すごいよな。キキちゃんも、北川も、拓兄ィも。みんないろいろあっても逃げないで頑張ってる。そう思ったらさ、俺だけ置いてかれそうな気がして。だから、俺も、もう逃げないことにした。ちゃんと自分の道を見つけたい」

「……そっか。うん、そうだね」

「そういや、北川のパンプディング、売れてるじゃん」

「樹木ちゃんのと比べると、そこまでじゃないよ」

先ほどパソコンでチェックしたが、売上はシュークリームほど伸びていない。

「そりゃ、シュークリームはコンビニスイーツの王道だもん。単純に比較できるもんじゃないだろ。そんな落ち込むことないって」

「でも、次はもっと売れるスイーツを作らなきゃ」

「……頑張ろうな、お互い」

二人は励まし合った。


数日後、スイーツ課で会議が行われた。『あなたは誰と食べたいですか？』という今年のキャッチコピーをもとに、メンバーたちはそれぞれ企画書を提出した。そしてみんなでテーブルの上の去年のクリスマスケーキを試食しながら、会議は進んだ。

「今年はもっとスポンジを二層から三層に替えてみたいんだけど、どう？」

一岡はみんなの顔を見た。

「そうですね。卵を変えてみますか？」

「生クリームももう少しコクがあってもいい気はしますけど」

「じゃあ仕入れ先、もう一度リストアップしてみます」

会議は進んでいったが、樹木はずっと試食を続けたまま一生懸命考えていた。

「クリスマスケーキか……よし」

樹木はフォークを置いた。


「一岡さん。さっきの私の企画書、どうでしたか？」

会議を終え、里保はエレベーターホールで一岡を呼び止めた。

「そうね……流行りは押さえてるし、話題にはなりそうね……北川さんは、なんであういうケーキを作りたいと思ったの？　キャッチコピーやセールスポイントも、いろんなヒット商品の良いところを押さえてるって感じがした。いい意味で言えば、北川さんの勉強熱心なところが出てる」

ほめてもらっているのだけれど、そうは感じない。里保は「……それってどういうことですか？」と、尋ねた。

「どうしてもこれを作りたいっていう思いは見えなかったかな。売れることは大事。でも、これを誰かに食べてもらいたい。そう思う気持ちの方がもっと大事なんじゃない？」

一岡の言葉に、里保は何も言い返せなかった。


数日後の終業後、誠は公園のベンチで樹木に自作のスイーツを食べてもらおうとしていた。誠が一から自分で生み出したガトーフランボワーズだ。

「俺が、初めて自分で考えて作ったスイーツ。一番初めにキキちゃんに食べてほしい」

緊張しながら樹木が食べ始めるのを見ていると、一口食べた途端にまるで花が咲いたような笑顔になった。

「おいしい！」

遊園地で鯛パフェを食べたときのように、樹木は本当に幸せそうな表情で食べている。

「よかったぁ」

胸を撫でおろす横で、樹木はまだぱくぱく食べ続けている。

「キキちゃん、前に俺が言ったこと覚えてる？」

尋ねると、樹木は食べながら目を見開いた。

「今すぐじゃなくていい。いつか、キキちゃんの特別になりたいって言ったこと」

「……うん」

「ごめん無理だった」

「え……？」

「待ってても、その『いつか』は来ないってわかった。つき合ってほしい、俺と」

誠は勇気を振り絞って言った。「キキちゃんのクリスマスまでの時間を俺にください」

「クリスマスまでって……？」

樹木は首をかしげている。

「クリスマスはさ、本当に特別な人と過ごすものでしょ。その日までに、俺がキキちゃんの特別になる。クリスマスも一緒に過ごそう」

返事は今度でいい。誠は言った。


帰宅した樹木は、スーにこの日の出来事を話した。

「新谷がそう言うなら、つき合ってみたら？」

スーはあまりにも軽い調子で言う。

「言ってたじゃん。新谷と一緒にいると楽しいし安心するって」

「うん。だけどわかんないよ。マコっちゃんのこと、そういう意味で好きになれるのか、わかんない」

「だから試しにつき合ってみるんじゃん。でしょ？」

「試しに？」

「ここで考えてても答えは出ないよ。だったら、前に進んでみたら？　そのうち、気づくこともあるかもしんないし」

「気づく……」

「気がついたら、いつもその人のことを考えてたり、目で追っちゃってたり、笑顔にキュンとしたり……恋の始まりってそうじゃない？　でもさ、最初のうちはわからないんだよ。で、何かのきっかけで気づく。あ、私、この人のこと好きなんだって」

「きっかけ、かぁ……」

「新谷との恋が始まるきっかけ。今かもしれないよ」

スーに言われ、樹木はスノードームを取り出してじっと考えた。

翌日、樹木は『ココエブリィ』上目黒店のバックヤードに入っていった。

「……久しぶりだな」

品出しをしていた浅羽が振り返った。もうすっかり制服姿が板についている。

「……いらっしゃいませ、でしょ。見たよ、コンビニカー。かわいいね」

「……こっちも見たよ。この前のキキかじり。途中からハプニングショーになってた」

浅羽に言われ、何か言い返そうかと思った。でも言葉が出てこなかった。

「今日は休みだろ？　なんでここに？」

「……どのスイーツが売れてるのか、チェックしようかなぁ、なんて」

とっさにごまかしてみたけれど、そうじゃない。樹木は上着のポケットからスノードームを取り出した。浅羽がスノードームに視線を落としたとき、突然、電気が消えてあたりが真っ暗になった。

「え？」

暗闇のなか、二人は見つめ合った。ぼんやりとしか見えていないせいか、じっと見つめていられる。と、電気が点き、もと通り明るくなった。

「停電か！　びっくりした」

上杉がバックヤードに入ってきた。ハッと我に返った樹木は浅羽から慌てて目を逸らし、ポケットの中にスノードームをしまった。

午後、バックヤードでスマホニュースを見ていた上杉が「え」と声を上げた。

「軽井沢周辺で大規模停電発生だって」

「ここってこの前みんなで行ったとこだよね」

スーが言うと、上杉が「工事中に誤って送電線に接触したんだって」と、ニュースを読み上げた。

「夜になったら真っ暗じゃん」

樹木が言うと、暖房も冷蔵庫もつかないだろうと、上杉とスーが心配そうに言う。

「あ！　コンビニカー！　あれで、ご飯とかあったかい飲み物とか、いっぱい載せて届けに行こうよ。ね、行こうよ」

樹木は浅羽に提案した。

「行かない。行ってもしょうがないだろ」

浅羽は却下した。「わざわざ俺たちが都内から行ってどうする？　どうせ無駄足になる」

「無駄かどうかなんて行ってみないとわかんないじゃん」

「いいか、あれはあくまでもビジネスだ。ボランティアのために用意したわけじゃない」

「じゃあ、私一人で行きます。車の鍵、貸してください。お願いします」

樹木の決心は固かった。

「カイロと充電器と……」

樹木はバックヤードで、停電に役立ちそうなものを探していた。

「本気か？」

浅羽はあきれていた。

「あの辺、お店何もなかったし、私は行く」

樹木はおにぎりやカップラーメンなどをケースに詰めた。それを陸斗が車に運んでくれた。いよいよ準備が整い、出発しようと思ったとき、新たなケースが積み込まれた。

「これも持っていくぞ」

持ってきたのは、浅羽だ。そして、ケースの中身はスイーツだった。

「え……」

驚いていた樹木だが、次第に嬉しくなってきて……「うん！」とうなずいた。


車は夕暮れの高速道路を飛ばしていた。

『……の影響で作業が大幅に遅れております。そのため、全面的な復旧は未だ目処が立たず、住民たちは不安な一夜を過ごすことになりそうです』

カーラジオから、停電のニュースが流れてくる。

だいぶ目的地に近づいたところで道の駅を見つけて降りた。樹木はトイレを借りたいのだが、看板の照明も消え、ひっそりとしている。

「なんか出てきそう」

「出るわけないだろ。そんな非科学的なもの信じてるのか？」

「じゃ、私トイレ借りて来る」

樹木はドアを開け「すみませーん。おトイレ、貸してくださぁい」と声をかけた。返事がないので、真っ暗な中を進んでいく。と、背後に何者かの気配と足音を感じた。鳥肌が立ったけれど、勇気を出して振り返ってみた。と、浅羽が立っていた。

「驚かせるな」

「こっちのセリフだから。なんでついてきたの？　外で待ってればいいじゃん」

そう言ってトイレに行こうとしたけれど、浅羽がついてくる。

「……社長。もしかしてなんですけど、ビビってる？」

「ない。全然ビビってない」

「絶対にビビってる」

樹木はそう言って前を向くと、目の前に懐中電灯に照らされたおじさんの顔があった。

「○※■♭$▲×¥●&%！」

樹木が声にならない悲鳴を上げる横で、浅羽は気を失った。

「本当に助かりました。ありがとうございます」

トイレを済ませた樹木は、おじさんにお礼を言った。このお店の経営者だというおじさんに地域住民の避難場所を聞くと、この先の学校の体育館だという。樹木たちは急いで非難指定先の学校を目指した。

「みなさん、コンビニの『ココエブリィ』です！」

校庭にコンビニカーを停め、樹木は声を上げた。体育館から、何人かの住民が顔を出した。最初は遠巻きに見ていたけれど、数人が体育館から出て近づいてきた。

「あのぅ、なにかあったかいものありますか？」

「あります！」

樹木はドリップコーヒーを淹れ「どうぞ」と、手渡した。すると、何人かも後に続いた。

「あったかい……」

「ああ、ホッとする……」

住民たちから声が上がる。

「甘いものもあります！　よかったらいかがですか」

樹木が勧めると、何人かが買って行った。そのうちに体育館から、住民たちが次々と出てきた。その中の女子高生がスマホで写真を撮り『なんかコンビニ来てる！』とＳＮＳで発信した。すると、自宅にいた住民たちも懐中電灯を手に入れ替わり立ち替わりやってきた。浅羽が次々と商品を出したが、コーヒーやおにぎり、カップ麺などがどんどん売れていく。何度か豆を補充したのだが、ついにコーヒーはなくなってしまった。

「コーヒーください」

「すみません、売り切れになってしまいました……」

コーヒーを買おうと並んでいた住民たちの間から「もうないんだって」「なんだ、がっかり」と声が上がる。スイーツや、他の目ぼしい商品もほぼ売り切れだ。

「すみません……」

樹木が住民たちに頭を下げたとき、すっとコーヒー豆の入ったカゴが差し出された。先ほどの道の駅のおじさんだ。

「よかったら、このコーヒー豆使って」

道の駅の商品だが、こんなときだから使ってくれと申し出てくれた。

「すみませんが、受け取れません。うちが契約している取引先ではないので……」

浅羽は言ったが、樹木は「ありがとうございます！　助かります！」と受け取った。

「みなさーん、道の駅さんからコーヒー豆いただきました！」

声をはり上げると、コンビニカーから離れていった住民たちが振り返った。

「お代はいただきませんので、よかったらいかがですかぁ」

樹木は住民たちにコーヒーを配った。

「お代わりの方もどうぞ～。社長、次のコーヒー淹れてください！」

樹木に言われ、浅羽も忙しくコーヒーを淹れた。

「ありがとう」

樹木は浅羽からコーヒーを受けとり、忙しく住民たちに配った。浅羽はコーヒーを手渡す樹木と、受け取る住民たちの笑顔を見ていた。

「あの、お菓子とかありますか？」

そこに、中学生ぐらいの女の子が、幼い弟を連れてやってきた。

「あ、ごめんね。もうなくなっちゃったの」

樹木が言うと、ふたりは肩を落として戻っていった。

「キキちゃん！」

声をかけられて顔を上げると、誠が立っていた。ケースが詰まったカゴを持っている。誠は陸斗から事情を聞いて里保と駆け付けたのだという。

「近くの工場からこっちに商品を回してもらったの」

里保も、手に荷物をたくさん持って歩いてきた。

「里保さん！　ありがとうございます！」

「どうやって来たんだ？」

浅羽が誠に尋ねた。

「拓兄ィの車で。いやぁ、乗り心地最高だったよ」

誠は浅羽にポン、とキーを返した。

「よし、やりますか」

樹木が気合いを入れなおすと、誠が補充分のおにぎりやスイーツを並べはじめた。里保が接客を担当し、浅羽はコーヒーを配る。樹木はさっきの姉弟を探して、連れてきた。

「これって、どんな味ですか？」

姉がパンプディングを手に取ると、里保は「フレンチトーストがケーキになったみたいな味です」と答えた。

「おいしそう！」

弟が嬉しそうに言い、姉がてのひらで小銭を数えた。

「よかった。足りる！」

お金を払った姉に、里保はパンプディング一つとスプーンを二つ、渡した。二人は嬉しそうにほほ笑み、パンプディングを分け合って食べはじめる。

「ごちそうさま、ありがとう」

「こっちこそ。ありがとう」

里保は姉弟に笑顔で礼を言った。


樹木は道の駅から追加のコーヒー豆をもらい、学校の脇の道を運んでいた。柵の向こうに、街が見下ろせる。旅行に来たときにはポツポツ明かりが見えていたけれど、今は真っ暗だ。でも街が暗い分、空の星がよく見える。

「めっちゃきれい……」

柵に乗って身を乗り出すと「危ないぞ」と、手を引っぱられた。浅羽だ。もう片方の手にはコーヒーを持っている。

「……星ってこんなにあるんだね。この間は気づかなかった」

「停電なんて不便なだけだと思ったが」

浅羽はそう言うと、しばらく黙って空を見ていた。樹木は浅羽の横顔を見上げ、また星に視線を戻す。

「……君が正しかったな」

浅羽が口を開いた。「コンビニはただモノを売る場所だと思ってた。でも……」

浅羽は振り返って校庭のコンビニカーを見た。人々が集い、笑い声が聞こえてくる。

「あんなふうに、誰かの居場所にもなれる」

「……うん」

浅羽は手にしていたコーヒーを差し出した。

「配るばっかりで何も飲んでないだろ」

浅羽の優しさにどうしたらいいのか戸惑いつつ、樹木はコーヒー豆の袋を置いた。

「ありがとう」

紙コップを受け取ろうとしたとき、手が触れた。

「……冷たい」

「え？」

「手が冷たい」

浅羽は樹木の手を取り、両手でコーヒーカップを持たせた。そして樹木の手を温めるように、自分の手を重ねた。心臓がドキリと音を立てた。その音が浅羽に聞こえてしまいそうで焦ってしまう。

「よく、がんば……」

「そうだ、これ」

樹木はすかさずポケットの中のスノードームを出し、浅羽に渡した。「これ、返します」

「返す？　どうして？　君にあげたものだ。いらないなら捨てればいい」

「捨てるなんて無理。だけど持ってるのも無理」

樹木は言った。「失礼なことしてるってわかってる。でも」

そのとき、パッと周囲が明るくなり、校庭の方からワーッと声が上がった。電気が復旧したようだ。樹木は浅羽から視線を逸らし、校庭を見た。でも浅羽は樹木を見つめている。

「よかったぁ」

樹木は明るい口調で言うと、置いてあったコーヒー豆の袋を抱え直した。

「じゃあ先戻ってます」

樹木はくるりと背を向けた。浅羽の視線を感じたけれど、振り返らずに歩いた。

そんな二人の様子を里保が見ていたことに、樹木も浅羽も気づいていなかった。

「今日はありがとう。来てくれて」

樹木はコンビニカーに荷物を積み込んでいる誠に近づき、手伝い始めた。

「飛ばしてきた甲斐があったよ」

誠は笑い、キキちゃん、と、改めて見つめてくる。

「ん？」

「よく頑張ったね。ほんとに、よく頑張った」

「……マコっちゃん」

今度は樹木が誠を呼んだ。

「ん？」

「私、気づいたよ。悔しかったとき、落ち込んでるとき、嬉しかったとき、いつもマコっちゃんがそばにいた。マコっちゃんが隣にいてくれるとホッとする。マコっちゃんといると、私も楽しい。めちゃくちゃ楽しい」

樹木は誠に右手を差し出した。

「よろしくお願いします」

「……ほんとに？」

誠が目をぱちくりさせている。

「ほんとに」

「……マジで？」

「マジで」

樹木は誠の反応がおかしくて、思わず笑った。

「すっげー嬉しい。人生で一番嬉しい」

誠は声を上げ、樹木をぎゅっと抱きしめた。

「マコっちゃん、大げさ」

「ありがとう、キキちゃん。俺、頑張る。絶対、キキちゃんの特別になるから」

樹木は誠の言葉が素直に嬉しかった。


浅羽は校庭でスマホを見ていた。

『コンビニの明かりを見つけてホッとした』

『来てくれてありがとう。ココエブリィ』

『今度からココエブリィを贔屓にします！』

SNSは『ココエブリィ』への感謝のコメントであふれていた。スマホをしまい、浅羽はコンビニカーの運転席に乗り込んだ。そしてポケットからスノードームを取り出し、ダッシュボードに置いた。

帰り際に役所の人が礼を言いにやってきた。やりとりは樹木と里保にまかせ、浅羽と誠は待っていた。

「……あのさ。拓兄ィにちゃんと言わなきゃいけないことがある」

誠は切り出した。「俺、キキちゃんとつき合うことになった」

二人は数秒間、視線を交わした。

「……そういうことだから」

「じゃあ、これで送ってやれ」

浅羽は自分の車のキーを誠に渡した。

「……ありがと」

「お待たせしましたぁ」

「帰ろっか」

そこに二人が戻ってきた。

「キキちゃん、こっち乗って」

誠は浅羽の車を指した。

「え？　え？」

戸惑う樹木を助手席に乗せ、誠は運転席に乗り込んだ。

「じゃあね」

樹木は窓を開け、里保に言った。

「気をつけてね」

里保が手を振りながら言い、誠は車を発進させた。

「……バイバイ」

樹木は浅羽に視線を移し、窓を閉めた。

ゆっくりと走りだした車の中で、誠は樹木を見てにっこりとほほ笑んだ。樹木も照れ笑いを浮かべ、誠を見つめ返した。


里保はコンビニカーに乗り込んだ。と、ダッシュボードの上にスノードームが置いてあった。さっき樹木が浅羽に返していたものだ。

浅羽は無言で車を発進させた。車が揺れて、スノードームの中に雪が舞う。浅羽はまっすぐに前を見て運転し、里保は助手席の窓から無言で街の明かりを見ていた。

第8話

最終章〜やっぱりあなたと一緒にいたいんです!!

浅羽はマンションでコーヒーを飲みながらぼんやりと窓の外を見ていた。群馬に行った日の夜、「キキちゃんとつき合うことになった」と、誠から報告を受けた。あれから三日経つのに、そのシーンをなぜか何度も思い出してしまう。と、足元に、コツンと何かが当たった。掃除中のロボット掃除機だ。

「あ、ごめん……」

思わずロボット掃除機に謝ってしまい、浅羽は自分がちょっとおかしいと、ハッとした。

樹木は誠につき合って、輸入家具専門店に来ていた。一緒に暮らすわけじゃないのに、誠は樹木のために家具を新しくするとはしゃいでいる。

「キキちゃんにも座ってもらいたいから。俺ん家で」

誠はそう言うと、隣に置いてあったダイニングテーブルに移った。樹木もダイニングテーブルに座ると、向かい側から誠が見つめてくる。

「ここで、二人で食べる。俺いっぱいメシ作る」

誠の真っ直ぐな視線に、樹木は照れ笑いを浮かべた。

「ねえ……今日ドライブデートって言わなかった？」

里保はコンビニカーを運転している浅羽を見た。

「ドライブデートだろ」

「もお……」

里保は唇を尖らせ、すねてるふりをした。

「それ、弁当？　作って来てくれたの？　中身何？」

「たいしたもんじゃないけど……おにぎりとか卵焼きとかウィンナーとか……」

「うまそう。ちょうだい」

浅羽は運転しながら口をあけた。意外な反応に驚きながらも、里保は浅羽にウィンナーを食べさせようとした。でもそのタイミングで車が揺れて、頬に押しつけてしまった。

「おい」

顔をしかめる浅羽を見て、里保は声を上げて笑った。浅羽も笑って、車内は和やかな空気に満ちあふれた。

「いい天気。デート行きたかったな」

里保はひとりごとのように言いながら、ダッシュボードの上に置かれたままのスノードームを見つめ、目を伏せた。

店を出た樹木たちは、誠のバイクでランチの店を目指していた。と、途中の広場にコンビニカーが停まっていた。気づいた誠が、バイクを停めた。

「店取ってるんでしょ。時間……」

浅羽と顔を合わせたくない樹木は、店を予約していると言っていた誠に、早く行こうと促した。

「大丈夫大丈夫。行ってみよ」

誠はバイクを降り、樹木の手を取って歩きだした。

「よ」

誠が浅羽に声をかけた。

「お似合いだな」

浅羽は繋がれた手をちらりと見た。視線を感じた樹木は、思わず手を離した。

「こんなとこまで売りに来てんだね」

「そのための移動販売だから」

浅羽はそっけなく答える。

「デートしてたらたまたま通ってさ。ね?」

誠に顔をのぞきこまれ、樹木は「うん、そうそう」と、笑顔を作った。

「デートか。いいな」

里保が言う。

「てか北川、今日ドライブ行くんじゃなかった?」

「そうなの。言ってやってよ。話が違うんだから」

「お二人だってデートじゃないですか」

樹木は明るくふるまった。

「えー? ただの手伝いだよ」

里保が不服そうに言ったとき、浅羽が「今日は里保のおかげでよく売れてる」と言った。

「ありがとう」

「どういたしまして」

浅羽たちが笑い合っているのを、樹木は複雑な思いで見ていた。

「今度は大丈夫そうだな」

浅羽は樹木を見た。

「男見る目ないだろ。前、シュークリームをぐちゃぐちゃにするような奴とつき合ってた」

皮肉たっぷりに言う浅羽を、樹木は軽くにらみつけた。

「でも新谷が相手なら安心だ」

「うん、とってもいい感じ」里保もうなずいた。

「サンキュ。邪魔して悪い。行こ、キキちゃん」

誠はまた樹木の手を取って歩きだした。しばらく行ってから樹木が振り返ると、浅羽は里保と品物を並べていた。


翌朝、里保はこっそりスイーツ課をのぞいていた誠に声をかけた。

「昨日びっくりしちゃった。なんだかんだ言って新谷は順調なんだ」

「いや、順調っていうか……クリスマスまでの期間、俺に時間くれってキキちゃんに言ったんだ。それでよければクリスマスを一緒に過ごす。ダメなら俺、シングルベル……」

「思い切ったね。手応えは？」

「絶対掴む！」

「うん。お願い。樹木ちゃんのこと、絶対掴んで離さないでね」

あくまでも冗談っぽく言ったけれど、里保は本気でそう思っていた。

移動販売車が軽井沢で活躍したことは、さまざまなメディアでニュースになった。浅羽は手ごたえを感じながら、上目黒店で品物を積み込んでいた。

「キキのだ」

と、車をのぞきこんだスーがダッシュボードの上のスノードームに気づいた。

「井上さんに返された」

浅羽はなんでもないことのように言った。

「もらっといて?」

上杉が不思議そうに言う。

「まったく失礼な奴ですよ」

苦笑いを浮かべた浅羽は、陸斗を助手席に乗せ、高齢者施設に向けて出発した。初めての試みだ。陸斗は高齢者がコンビニの物を買うのかと首をひねっているが、浅羽は目的の高齢者施設の前に車を停め、開店準備を始めた。『ココ、ヨリドコロ、ココエブリィ♪』と、音楽が流れると、中から高齢者たちが出てきた。遠巻きに見ているが、近づいてはこない。

「よかったらどうぞ。ね、おばあちゃん」

陸斗が笑顔でチラシを渡そうとしたが、さらに警戒され、誰も受け取ろうとしない。

「ほら。誰も来ないっスよ」

陸斗はコンビニカーに戻って、浅羽に報告した。

「そんな簡単に受け入れられるとは思ってないよ」

浅羽がそう答えたとき、車椅子に乗ったおばあさんが一人、物珍しそうに近づいて来て、商品を見始めた。そして、浅羽たちに尋ねてきた。

「ないものを頼んだりもできたりするのかしら？」


『ココエブリィ』本部の大部屋で、神子は集まった記者たちにレジなし販売の映像を見せていた。専用アプリを使って入店し、商品を手に取ってゲートを通ると、自動で精算される仕組みだ。

「ご覧いただいた通り、スマホ一つあれば買物ができます。現場の人手不足も解消され、利用者はレジ待ちのストレスもなくなる。これがこれからのコンビニの主流になると考えています」

神子が言うと、

「一方で移動コンビニ販売も話題になってますよね？」

記者から質問が上がった。その質問には触れられたくないので「ええ、まあ……」と言葉を濁した。そして視線を移ろわせたとき、なぜかこの場に来ていた清水と目が合った。

「あなたが浅羽に肩入れされたおかげで、こちらは対応に困ってますよ」

記者会見終了後、神子は清水に近づいていった。

「肩入れだなんて。私の思いは『ココエブリィ』をよくしたい、それだけです。だからあのときは浅羽さんではなく、神子さんを選んだ」

そう言われると、神子は何も言い返せない。

「移動販売車を導入したいという要望が各地から寄せられているそうですね」

清水は改めて神子を見た。

「設備投資は大きな問題です。本格的に導入するには慎重に検討しませんと」

「ただタイミングというのも大事です。感情で判断を誤らないでくださいね」

清水の言葉に、神子は黙り込んだ。


樹木は三田村にクリスマスケーキの企画書を出した。テーマは『カラフルクリスマス』。

だが速攻、ボツになった。

「まだわかってない。もう浅羽社長のときとは違うの。こんな豪華なもんは作れない」

「え、でもでも、発想の段階では自由でよくないですか？　その後でコンビニ価格に落とす作業をチョー必死にやればいいんですよね？」

樹木が作りたかったのは、ホテルで売り出すような豪華なクリスマスケーキだが……。

「開発費ってのもあるの。おまえはすごい。決められた枠組の中でも充分それが発揮できるはずだよ。頼むからそろそろ言うこと聞いて。ね？」

三田村は樹木の意見に耳を貸さなかった。


「あーもうわかんない。わかんないー！」

帰宅した樹木は、バイトに出かける支度をしているスーに愚痴をこぼした。

「もうさ、いいかげん空気読んでうまく立ち回るってこと、できるようになんなよ……ま、そこがキキのいいとこだけどね。自分曲げられないとこ。でも曲げられないから、ポキッと折られるしかないんだよね。クビだね。そのままだとホントに」

スーに言われ、頭を抱えてゴロゴロしていると、スマホが震えた。

「でもそのときは新谷ん家の店で雇ってもらうってのもアリかもね……来てるよ、また。新谷から熱いＬＩＮＥ。『これからバイクでラーメンでもどお』だって」

スーは樹木のスマホを勝手に見て、ニヤリと笑った。


里保は仕事の帰り、一岡とお好み焼き屋にいた。

「冗談言ったりするの、浅羽さんて？　全っ然思い浮かばないんだけど。プライベートの感じが。何話すの？」

「それ言ったら神子さんだって」

「あれはもうただのおじさんよ。寒いギャグ飛ばしたりして、娘さんもドン引き」

一岡はてきぱきとお好み焼きを作りながら言う。

「人前じゃカッコつけんのよ、男って」

「わかります。チョーカッコつけてますよね」

里保はおかしくなって笑った。

「よかった。さっき暗い顔してるように見えたから。余計なお世話だったね」

だから誘ってくれたのか、と、里保は一岡に感謝した。と同時に、ため息をついた。

「たまに不安になるんです。こっち見てる？　って。あ、ごめんなさい。こんな話……」

「北川さんて、結婚願望とかあるの？」

「……憧れはあります。うち、母が早くに亡くなって父と二人暮しで……早く花嫁姿見せてあげたいなって思うし、母親になりたいって思いもあるし……」

「そっか。私はね、前にプロポーズ断っちゃった。仕事したかったし、それでよかったと思ってる。だけどたまーーーに後悔する」

一岡はお好み焼きをひっくり返し、里保を見た。「恋愛の正解ってわかんないけど、後悔だけはしないでね」

会社の方針に従えない奴には開発はさせられない。このまま言うことを聞かないようなら遠くに飛ばす。

ついに三田村に宣告されてしまい、樹木は中庭のベンチで落ち込んでいた。

「まーた上の方針に従わなかったんだって？」

そこに誠が現れ、隣に腰を下ろした。樹木のことを里保に聞いて心配になり、探しに来たのだという。

「こんなとこいて寒くない？」

「凍る……でも頭冷やしたい」

そう言った樹木に、誠は笑いながら自分の手袋をはめてくれた。

「俺はキキちゃんともっともっとスイーツ作りたいよ」

「あたしだって。あたし……あたしね、初めてシュークリーム作ったときの気持ち、忘れらんない。コンビニでこんなの作れるんだって。社長がくれた夢にわくわくした。みんなにとってはただの仕事の方針？　かもしんないけど、あたしにとってはそうじゃない。あの気持ち、簡単に捨てられない……。それにあのクリスマスケーキは……」

「うん？」

「……ううん、なんでもない。クリスマスが嫌いな人でも楽しく食べてくれたらなって思ったんだ」

「……そっか」

誠はそう言い、何かを考えていたようだったが、また口を開いた。「ごめん。俺、会社のことはこういうときにどうすればいいのかわからないし、自分に力がないからどうすることもできない。だからさ……今日はもう俺と一緒に帰ろ」

「え？」

「いいじゃん、こんな日くらい。今日はもう遊んで帰っちゃお！　ね！　行こ！」

誠は手を差し出した。樹木は笑いながら、立ち上がった。

浅羽は自宅マンションでスマホを手にした。この日は『ココエブリィ』の新作スイーツの発売日なので昼間から何度かチェックしているが、樹木はまだインスタライブをアップしていない。

「何サボってんだ……」

「ん、何？」

キッチンで夕食を作っていた里保に聞かれたので、別に、と答え、食器棚から皿を出そうと立ち上がった。

「スイーツ開発から外されちゃったの。樹木ちゃん。今日大変だったんだ」

唐突に、里保が言った。

「……ふうん。そう」

浅羽は驚きを抑えて言った。

「拓実がいなくなって以前の方針に戻ったんだけど、樹木ちゃんはそれに合わせようとしなくて」

「……なんで急にそんな話？」

「心配だったんでしょ。何かあったんじゃないかって」

里保は言った。さっきから何度もインスタグラムをチェックしている浅羽のスマホの画面が見えたのだろう。

「別に。新谷がいるから。彼女には……」

浅羽はテーブルに食器を運んで椅子に腰を下ろした。

「拓実……」

里保が背後からぎゅっと抱きついてきた。

「……どうしたの」

「ううん」

何も言おうとしない里保を、浅羽は無言で受け止めていた。

浅羽に会ったら気まずいな。樹木は外から上目黒店の中を窺っていた。レジにはスーと陸斗の姿が見える。浅羽がいないなら入ろう、と、一歩踏み出したところ……、

「何してんの井上さん」

「わ、店長！」

振り返ると、チリトリを手にした上杉がいた。外の枯れ葉を掃除していたようだ。

「これ」

樹木は『上目黒店』と紙が貼られた紙袋を上杉に渡した。

「販促グッズ？　なんで井上さんが？」

「はずされちゃって……開発の仕事」

樹木は肩をすくめた。三田村に言われていくつかの店舗に販促物を配っていたのだが、ここに来るのは気まずかったので、最後になってしまったのだ。

「え、それマズくない？　井上さんからスイーツ取ったら何も残んないじゃん」

「言い方……」

もっと盛大にムッとしたいところだが、元気が出ない。

「で？　誰探してたの。浅羽君？」

「え！　いやむしろ逆……」

そう言うと、上杉はまじまじと樹木を見つめた。

「井上さんさ、なんで浅羽君に返しちゃったの、スノードーム。あれ、大事なお土産だったんじゃないの？」

だよね？　と、上杉がぐいぐい押してくる。

「……好きだから。返した。持ってたらいつまでも社長のこと、思い出しちゃうから……」

樹木は思いきって正直な気持ちを口にした。

「ふうん。幸せだね」

「え？」

「そんなに誰かを好きになれるなんて」

それだけ言うと、上杉は樹木に「ちょっと」と手招きをして中に入っていった。

「浅羽君！　そろそろ時間じゃない？」

そして自動ドアが開いたとたん、屈んで棚をチェックしていた浅羽に声をかけた。

「はい」

浅羽が顔を上げた。樹木は慌てて踵を返そうとしたけれど、浅羽と目が合ってしまった。と、上杉が振り返って外に突っ立ったままの樹木を見た。

「腰痛いのよ。ついでに手伝ってって」

レジ前に積み上げられたケースを車に積み入れてほしい。上杉は樹木に言った。

無言で荷物を運び入れていた樹木は、ダッシュボードの上のスノードームに気づいた。盗み見るように浅羽を見ると、また目が合ってしまった。

「なんだ？」

「いや、それ……まだ持っててくれてたんだなって」

「置いてあるだけだ」

「そう、ですか……」

それからしばらく、黙って荷物を積んでいた。

「何やってんだ」

浅羽が唐突に言った。「開発、外されたんだろ？　相変わらず向こう見ずで三田村課長も大変だな。君の扱いに苦労して」

「……恐縮です」

「は？」

「最近覚えた。恐縮です。大人っぽくない？」

「使い方が間違ってる」

「え、なんで？　ごめんなさいって意味でしょ？」

樹木が言うと、浅羽は呆れたような表情を浮かべた。樹木を見るときによくする顔だ。

「バカと天才は紙一重とよく言うが、君はやっぱりバカの方だな」

そう言われ、樹木はあははは、と笑った。

「褒めてない」

「わかってるよ。やっぱ社長ってめんどくせーって思って」

「俺もだよ。そのタメ口めんどくせー」

二人は同時に「はあ？」と言い、同時に笑ってしまう。

「忘れてないよな、例の夢」

「もちろん。だからあたし……」

浅羽の作りたいコンビニを一緒に作りたい。一緒にインタビュー原稿をチェックしていたときに浅羽にそう言ったのは、樹木の本心だ。

「ならちゃんと働け。どんな状況でもどんな条件でもやるのがプロだ。俺の作りたいコンビニ」

そう言って浅羽は、コンビニカーをポン、と叩いた。「一緒にやってくれるんだろ？　まず君が商品を作らなきゃ始まらないじゃないか。君の作ったスイーツを俺が売ってやる」

そして、運転席に乗り込むと「乗れ。面白いものを見せてやる」と、命令した。

「ちょ、勝手に決めないで！」

文句を言いつつも、樹木は慌てて助手席に乗り込んだ。

車が高齢者施設に到着すると、すでにたくさんの老人たちが待っていた。樹木は驚きつつも、急いで車を降り、開店準備を始めた。

「いらっしゃ……」

樹木が言いかけると、

「いらっしゃい。よく来てくれました」

と、老人たちはわいわいと楽しそうに商品を見始め、手に取っていく。

「……お客さんにいらっしゃいって言われちゃった」

驚いた樹木は浅羽の方を振り返った。「そんなお店もあるんだね」

「最初は物珍しさや便利さから集まってた。でも今は本当に楽しみで待っていてくれてる。自分で見て触って選んで商品を買う……この車は、その体験を待つ人たちの新しい居場所になれる。そのことに気づかせてくれたのは君だ」

浅羽が言ったところに、車椅子のおばあさんが「お兄ちゃん」と声をかけてきた。

「ああ、どうも。お元気でしたか」

浅羽が柔らかい表情で応対するのを見て、樹木はさらに目を丸くした。

「例のアレ、持って来てくれた？」

「ええ、もちろん」

浅羽が荷台からこだわりの赤味噌を出してきた。

「ああ、どうもありがとう。この辺では売ってなくてねえ。懐かしい味が食べられるよ」

「リクエストがあればまたいつでも」

やりとりを見ていた樹木はぷっと吹き出した。

「なんだ？」

「社長、さっきお兄ちゃんって呼ばれてなかった？」

そう言った樹木は「お嬢ちゃん」と、別の客から呼ばれて「あ、はい！」と振り返った。

「これとこれ、何が違うの？」

客は手にスイーツを二種類持っていた。

「あ、それはですね、中に入ってるクリームの種類が……」

スイーツのことなら任せておけとばかりに、説明を始めた。そのうちに何人かが集まって樹木を取り囲んで話を聞き、おいしそう、と、スイーツを買っていった。コンビニ店内ではこれほど客との距離は近くなかったので新鮮だ。

「やっぱいいね『ココエブリィ』って。『ココエブリィ』大好き！」

樹木は浅羽と笑い合った。こんなに笑ったのはずいぶん久しぶりのような気がしていた。


樹木は翌日から態度を改め、積極的に雑用をこなした。みんなにやることはないかと尋ねたがないと言うので、大テーブルに過去の商品の資料や専門書を広げて読み始めた。そしてスイーツ課に常備してあるスイーツを試食しながら原材料ラベルをチェックした。そしてノートに記入した。

「どうした、あいつ？」

三田村たちは首をかしげているけれど、里保にはその理由がわかっていた。

昨日、樹木が出て行った後、里保は床に販促グッズが落ちていることに気づいた。拾い上げると、『上目黒店』と付箋がついていた。ちょうどもうすぐ昼休みだったので、届けようと、決めた。浅羽に会えるかもしれないという期待があったし、里保が行ったらびっくりしつつも喜んでくれると思ったからだ。

そして実際に行ってみると、浅羽と樹木が話しているところだった。浅羽は樹木が作ったスイーツを俺が売ってやると言い、樹木をコンビニカーに乗せて出かけていった。里保はショックで、しばらくその場から動けなかったのだ。

「すごいことになるかもね。今までは感性だけで作ってたけど、今後は知識に裏付けされる。私たちもうかうかしてらんないわよ」

一岡が三田村たちに言うのを聞き、里保は我に返った。そして樹木のところへ行った。

「樹木ちゃん、よかった。元気戻って」

里保は、何やら一生懸命ノートに書き込んでいる樹木に声をかけた。

「はい。復活です」

「何か、あった？」

「うーん、なんていうかうまく言えないけど、昨日ワッと世界が広がったんです。こんなとこで立ち止まってらんない、走んなきゃ！って。そこでモヤモヤが吹っ飛びました」

樹木の言葉を聞き、里保はやっぱり、と、確信した。

週末、里保は浅羽と都内のグランピング施設に来ていた。テントが点在しているデッキの向こうには、東京湾岸の夜景が広がっている。ステーキや伊勢海老を焼いて二人でお腹いっぱいたいらげた。

「あー楽しかった」

それぞれのテントにキャンドルが灯り、デッキの上は幻想的な光景に包まれていた。

「東京のド真ん中でキャンプなんて初めてだよ」

「前つき合ってたときからやってみたかったんだ」

「言ってくれればいつでも……」

「そう。遠慮してた私が悪いの」

里保はほほ笑んだ。「あの日もね、もっとこっちを見て欲しくて、『別れよう』って言ったの。そしたら拓実、あっさり『わかった』って言うんだもん。引っ込みつかなくて、そのまま強がって別れちゃった」

「……そう、だったの？」

浅羽は驚いたように里保を見た。

「後悔も未練もいっぱい……でもね、またこうして再会して残した思いをやり直せた。今回は私、ちゃんと拓実のこと好きになって、ちゃんとつき合えたって胸張って言えるよ」

里保が明るく笑うと、浅羽も静かに笑った。

「別れよう」

「……は」

浅羽が驚きで目をしばたたかせている。

「別れよう」

里保はもう一度、言った。

「……どうして？」

「まだ気づかない？」

里保は問い返した。「拓実の存在が樹木ちゃんを変えてる。同じように樹木ちゃんの存在が拓実を変えてる。特別な関係なんだよ、拓実と樹木ちゃんは」

本当はこんなこと、言いたくない。それでも、里保は言った。浅羽は言われたことの意味がわからないようで、ぽかんとしている。里保は立ち上がって夜景を見つめた。

「拓実はね、樹木ちゃんのことが好きだよ」

里保は浅羽に背を向けて、きっぱりと言った。

「ちょ、浅羽君浅羽君？」

上杉に名前を呼ばれ、ハッと我に返った。そして、レンジの中から、とっくに温まっていた弁当を取りだした。

「いつもありがとうございます」

にこやかに客に弁当を渡した上杉は振り返り「ってどーしたの今日？　ボーッとして」と、浅羽を見た。

「……販売行って来ます」

逃げるように店を出て、コンビニカーに乗り込んだ。目の前のスノードームを見つめながらエンジンをかけると、静かだったスノードームの中で、かすかに雪が舞った。

誠は工房の準備室で、クリスマスソングを歌いながらレストラン雑誌を見ていた。

「クリスマスだもんな。ちょっと奮発すっか」

手にしていたペンで高級レストランに◯をつけたところに、誰かが入ってきた。

「それ、仕事？」

振り返ると里保が笑っている。

「おう北川。いいとこに来た。参考までにクリスマス二人はどこ行くの？」

「別れちゃった」

「ん？」

あまりにあっさりと言われ、意味がわからずに問い返した。

「昨日、拓実と別れちゃった」

「え……？」

「あーこれで私、シングルベルだー」

里保は自虐的に言い、笑っている。

「……なんで？」

「わかってるくせに」

里保は笑みを浮かべたまま、うつむいた。「私じゃなかったんだよ。拓実の相手は。だから好きだけど別れたの。いい女でしょ。これからは私、仕事に生きるから」

そしてまた顔を上げ、明るく笑った。でも、その目に涙が湧いてくる。

「北川……」

「……あれ。どうしよ。こんなつもりじゃなかったのに……ごめん……」

里保はこぼれそうになる涙を拭った。

「ごめん新谷……掴んでた手、私が離しちゃった……」

そして立っていられなくなり、しゃがみこんで顔を覆った。

神子は社長室で経済誌を読んでいた。停電時のコンビニカーの活躍記事だ。

「『こういう時代だからこそ、人とのふれあいが求められる』……だとさ」

「あなたとは真逆の路線ね」

社長室を訪ねてきていた一岡は言った。

「お涙頂戴の人情話が日本人は好きなんだよ」

「でもおかげで世間の評価は高まってる。もう無視はできないんじゃない？」

「……何の用だ」

「停電のときに、移動販売車で一番売れたのはなんだと思う？」

その話はしたくないと言ったが、一岡はしつこくなんだと思うか尋ねた。

「おにぎり」

「違う」

「パン？　サンドイッチ？　カップ麺？」

「スイーツ」

一岡は言い、企画書を出した。タイトルは『スイーツ改革』だ。「甘いものは人を幸せにする。どんなときでも……スイーツはまだたくさんの可能性を秘めてる。課員たちもその可能性をもっと探りたいと思ってる。改革を復活させたい。本気で検討してください」

一岡が神子に企画書を突きつけたとき、橋本が入って来た。

「失礼します。あの、下で……」

浅羽がロビーで待っていると、神子が降りてきた。一岡も一緒だ。何事かと遠巻きに見ている社員たちもいて、ロビーはざわついていた。

「なんの用ですか」

神子が声をかけてきた。

「ここに用はありません」

浅羽はきっぱりと言い、強い視線で神子を見返した。


この日も樹木は販促グッズの入った紙袋を手に、店舗を回っていた。ようやく配り終えて会社に戻ってくると、コンビニカーが停まっていることに気づいた。

浅羽が来ている？

樹木は社内に駆け込んだ。すると、浅羽が神子とにらみ合っていた。一岡が困惑したように浅羽と神子の顔を見ている。

「社長？」

樹木は思わず声を上げた。

「井上樹木」

浅羽は歩いてきて樹木の腕をつかんだ。

「え、何？」

「君に会いに来た」

え？

浅羽の言葉の意味がわからず、樹木は目を見開いた。

第9話

令和最高のデート！

浅羽は神子と共に、社長室に入っていった。追ってきた樹木も中に入ろうとしたが、秘書の橋本に止められた。

「あの、こちらで。こちらでお待ちください！」

「いやでも社長はあたしに会いに来たって……」

社長室の様子が気になる樹木は、どうにか中をのぞこうとして橋本にフェイントを掛けたりしてみたが、全力で阻まれた。

浅羽はかつて自分の部屋だった社長室で、神子と向かい合っていた。

「わざわざ移動販売車で乗り込んで来るなんて、ずいぶん挑発的なことしてくれるじゃないか。君といい井上樹木さんといい、こちらの意向に逆らうことばかりやってくれるよ」

「井上さんのことも、いずれクビになさるおつもりですか」

「彼女は君が連れて来た。その君がいなくなり開発の方針も変わった今、もはやいる意味がないだろ」

「人材こそ宝ではなかったんですか？」

尋ねると、神子は黙り込んだ。浅羽は畳みかけた。「あの才能は使った方が得ですよ」

「どの立場でものを言ってるんだ」

カッとした神子と、しばし睨み合った。だがすぐに浅羽は頭を下げた。

「私への感情は抜きにして彼女を見てやってください。お願いします」


浅羽が社長室から出てきた。だが樹木の横を素通りして行ってしまう。

「ちょっと社長、放ったらかさないでよ。いきなりびっくりしたんだから。で、あたしになんの用？」

駆け寄って声をかけると、浅羽が急に立ち止まって樹木の顔をじっと見つめた。

「……え？」

恥ずかしくなり、うつむいてしまう。

「たしかめに来たんだ。ちょっとつき合え」

浅羽は樹木の腕をつかんで、再び歩きだした。


樹木のリクエストで、二人は焼き肉屋に入った。

「……わんこそばか」

浅羽は、焼いた肉を次々に浅羽の皿にのせる樹木に呆れていた。

「だってこのままじゃ焦げちゃうじゃん。食べたらすぐ次のを食べたいの」

樹木はカボチャなどの野菜も網にのせた。

「絶対このタイミングじゃないだろ。炭になるのが目に見えてる」

「かぼちゃにタイミングなんてないから」

「……合わない」

浅羽は呟いた。

「は？」

「相性」

「そんなんとっくにわかってっし」

「だよな。君といるとろくな目に遭わない」

「一緒にいて一度もいいことなかった？」

樹木は口を尖らせた。

「何かあったか？　会社もクビになった」

「それ自分のせいじゃん！」

その後もしばらく、肉の焼き方や食べ方をめぐって二人はさんざん揉めた。

「で、マジで何しに来たの？」

樹木は尋ねたが、浅羽は結局、何も言わなかった。


昨日のあれはいったいなんだったんだろう。樹木がデスクでペンをくるくる回しながら、昨日の浅羽のことを考えていると、里保が出勤してきた。

「どうした目、赤いよ」

藤野が里保に声をかけると、里保は「ちょっとアレルギーで」と言った。

「花粉症ですか」

樹木は席に着いた里保に声をかけた。

「うん、まあ。昨日、拓……浅羽さん来たらしいね」

すこし里保の様子がおかしいな、と思いつつ、樹木は答えた。

「社長室で何か話してました。なんだったのかな」

と、そこに三田村と一岡が入ってきた。

「おいニュースだ！　復活することに決まった！」

三田村はスイーツ改革の企画書を掲げている。そして一岡を見て言った。

「上に掛け合ってくれてたんだって」

「おお、一岡さん！」

「ありがとうございます！」

みんなは一岡に頭を下げた。

「まあ、最後の一押しを神子社長代行にしてくれたのは浅羽さんだったみたいだけど」

一岡はそう言いながら樹木を見た。

「……え？」

「まずは見送られてたアップリンから商品化することにな。だから井上さん、他の業務を任されたばかりだけど、またプロジェクトに戻ってくれるかしら」

「……はい。はい！はい！」

樹木は目を輝かせた。


夜、浅羽はパソコンで移動販売車の報告書をまとめていた。と、ＬＩＮＥの着信音が鳴った。樹木からだ。

『シャチョーありがと！』

メッセージとともに、ふざけたスタンプが押してある。

「なんだ、このスタンプ」

浅羽は苦笑いを浮かべた。


ピッとベンダーのセキュリティゲートを開くと、誠が待ちかまえていた。

「お帰り！」

「おー、マコっちゃん。ここで会うの久しぶり」

「また一緒にやれてすげー嬉しい……拓兄ィのおかげだね」

二人が喜び合っていると、里保が来た。

「お待ちしておりました、プロジェクトリーダー。ご機嫌はいかがですか？」

おどけた調子で言う誠に、里保は「とっても元気です」と笑った。

「準備整ってるよ」

誠は工房に視線を移した。すでに作業台には調理器具とりんごが並んでいる。

「よしやるよ！」

里保は気合いを入れた。


午後、三人は緊張気味に、アップリンを試食する神子を見ていた。

「あの人に味わかんの？」

樹木は思わず誠たちにささやいた。

「元スイーツ課課長だよ」

「一岡さんの育ての親」

そう言われ、改めて神子を見ると、気難しい表情で食べ終えたところだった。

「どうでしたか」

同席していた三田村が尋ねた。

「うん、正直驚いた」

その言葉を聞き、樹木たちは笑顔で目を合わせたが「食べ終えるのに苦労したよ。退屈な味だった」という、神子の言葉に表情が固まった。

「浅羽はこれでOKしたんですか？　スイーツ改革なんて言うからどれほどのものかと思ったら、意外とハードルが低いんだな」

「ちょっ……！」

ムッとして身を乗り出した樹木は、誠たちに制された。

「もっとおいしいりんごプリンを、俺はごまんと知ってる」

「これは、台風で被害に遭ったりんごを使ってるんです！　傷のあるりんごで作ったものを他のりんごプリンと一緒にされても……」

「だから？　そんなりんごをわざわざ使ってやってるんだから、多少味が悪くてもしょうがない？　使ってやるだけありがたく思えって？　ずいぶん上からのスイーツだね。浅羽らしいよ。スイーツ改革と称するなら、その名に恥じないスイーツを持って来なさい」

神子はさっさと席を立ち、行ってしまった。

「噂には聞いてたけど」

「あれが一岡さんを育てた神子さんか」

土屋と藤野がささやき合う。

「そういうこと。ラスボス現る」

三田村は言い、土屋が「クリアできんのかね、あいつら」と樹木たちを見た。


その夜、里保は浅羽から連絡を受け、会社近くのカフェで待ちあわせた。

「なんでカフェ？　メシまだなら……」

「長居する気ないから。で？」

里保は浅羽を制し、先を促した。

「忘れ物」

浅羽は里保に紙袋を渡した。中にはマンションに置きっぱなしになっていた服や洗面用具が入っていた。

「……ありがとう」

「機嫌悪い？」

「どんな顔して会えばいいのかわかんないから」

「俺もだよ」

「じゃ、呼ばないでよ」

「そう言われても……」

浅羽は強気な口調の里保に怯んで、コーヒーに口をつけた。「……あれから言われたことをずっと考えてた」

「それで？」

「一つわかった。井上さんの前では飾らない自分でいられる。里保の前ではいつもカッコつけてた……だからって里保以上に彼女のことが好きだとは思わないけどね」

「好きの種類が違うのかもね」

里保はあっさりした口調で言い「拓実って心のドアがオープンじゃないでしょ」と、尋ねた。

「いつもフルオープンだけど」

「じゃ回転ドアなんじゃない？　入るタイミングが超絶難しい感じの？」

「おい」

浅羽に突っ込まれ、里保はふふと笑った。

「樹木ちゃんはその心のドアをくるっと簡単に通り抜けられるの。羨ましいよ」

里保は言ったが、浅羽は腑に落ちないようだ。

「ありがとね。拓実のおかげでスイーツ改革が復活した。今の私にとって夢中になれる仕事があるのはすごい助かる。頑張るよ。自分の気持ちに気づくなら今のうちだよ」

里保はそう言って、カフェを後にした。


翌日の夜、浅羽は上目黒店の狭いバックルームの小さなテーブルに数々の資料を広げ、パソコンで作業をしていた。

「何してんスか」

帰り支度をしていた陸斗が声をかけてくる。

「移動販売車を事業として成立させるための報告書をまとめてる」

「あのさ、浅羽ッチってただのバイトだよね？」

「やってることもう本部の人間スよね」

スーと陸斗がうなずき合っていると、検品中の上杉が「戻ったら？」と言った。

「はい？」

「本部に。それ持って」

思いもしなかった言葉に、浅羽はハッと上杉を見た。

「ああ、それいいじゃないスか」

陸斗が言うと、スーも「そうしなよ」とうなずいている。

「いや、会社っていうのはそういうものじゃ……」

「だってそこまでするほど好きなんでしょ、『ココエブリィ』のこと。もちろんそんな簡単に出入りできるもんじゃないことはわかってるけどさ。浅羽君見てるとそう言いたくなるんだよね。戻ったら？」

上杉に言われ、浅羽は考え込んだ。

誠は一人、工房に残っていた。結局今日は誰もいい案が浮かばず、何も作らなかった。

「まだいたの。北川さんも井上さんももう帰ったわよ」

資料を戻しに来た一岡が声をかけてきた。

「あ、はい。ちょっと考えたくて……」

「改善策がまだ見つからないみたいね」

「一岡さんどうやって新しいスイーツ考えつくんですか」

誠は尋ねた。「企画考える人ってすごいですよね。斬新なアイデアとか今まで見たことないスイーツとか……俺、そういうのできないから……。だからせめてこういうときに、北川さんや井上さんのイメージが膨らむような、そんなきっかけを作れたらなって二人がゴール決めれるようにちゃんとアシストするのが俺の仕事だと思うから……何かないですかね？」

「結局聞くわけ？　途中までいい話だなって聞いてたのに」

一岡に言われ、二人は笑い合った。

「シュークリームのときから思ってたけど、いいコンビよね。新谷君と井上さん。一×一が十にも百にもなってそう。井上さんの才能を引き出してるのは新谷君だと思うよ」

その言葉に照れていると、一岡は早く帰りなさいとひとこと言って戻っていった。

「引き出す、か……それだ！」

誠の頭にアイデアが閃いた。


翌朝、誠は作業台いっぱいに小皿を並べた。小皿にはチーズ、梅干し、漬物などがのっている。樹木と里保はいったい何をする気かと首をかしげた。

「引き出すんだ」

誠が言うと、樹木も里保もピンときたようだ。そして三人は、片っ端から小皿の中身とりんごを合わせて食べまくった。


浅羽はスーに手伝ってもらい、コンビニカーに商品を積んでいた。スーは、ここのところ樹木がものすごく疲れて帰ってくると言った。

「毎日ぶっ倒れてる」

帰るなりソファに倒れ込み、夕飯も食べない日があるという。

「大変なのか？」

「楽しそうだけどね」

「ならよかった」

浅羽は言い、ダッシュボードのスノードームを見つめた。

その夜も、樹木は疲れ果て、ソファに倒れていた。今夜は樹木が料理当番だが、あと五分だけ待って、と、スーに許してもらう。と、テーブルの上のスマホの着信表示が点滅した。

「ほらまた来てるよ。新谷からの熱い……え、浅羽ッチ？」

え？　と体を起こし、樹木はスーの手からスマホを取り上げた。

「……意味わかんない。これ何の誘い？」

樹木は『日曜暇か？』というメッセージをスーに見せた。

「キキが疲れてると思って、また焼肉でも奢ってくれようとしてるとか？」

「なんであたしだけ？　みんなだって疲れてるし」

「キキだけ誘ってるとは限らないじゃん」

「あ、そか……てかじゃあ里保さんと二人で行けばいいのに。なんでわざわざ呼ぶわけ？てか日曜はマコっちゃんとデートだし！」

「喜んでんの？　怒ってんの？」

「難しいこと訊かないで」

自分でもよくわからない。樹木は頭を抱えながら返信した。


上目黒店のバックルームで返信を受けとった浅羽は『ヒマじゃないです』という不愛想な返信を見て目を細めた。

「あ、その顔、さては誘いを断られたっしょ？」

隣で弁当を食べていた陸斗がひやかすように言う。

「浅羽君ほどのイケメンでも断られるの？　どんだけいい女よ？」

上杉の言葉に、「全然いい女なんかじゃありません」と、即座に返した。

「全然いい女なんかじゃない女誘ったんスか」

陸斗が尋ねてくる。

「……いい女じゃないですけど、なんか気になるんですよ」

棚出ししてきます、と、浅羽は外に出た。


試行錯誤してようやく完成した作品を、三人は再び神子に試食してもらうことになった。

「マリアージュ、ですか……」

センターテーブルの神子の前には、完成したアップルクランブルチーズが置かれている。

「はい。私たちは傷のあるりんごは味が落ちるという弱点を隠そう隠そうとして来ました。今回はそうではなく素材の味を引き出してくれる組み合わせを探したんです」

「それで辿り着いたのがクランブルチーズです」

里保と樹木は言い、誠と三人で「よろしくお願いします」と、頭を下げた。神子は一口食べて、チラリと樹木たちを見た。三人は緊張し、背筋をピンと伸ばす。と、次の瞬間、神子は搔き込むようにして一気に食べ切った。

「では三田村課長……発売日を調整してください」

神子の一言に、三田村が「かしこまりました」と声を上げ、その場の緊張が解けた。樹木たち三人と、スイーツ課の課員たちはワッと声を上げ、抱き合った。


一岡は神子を追って社長室に入っていった。

「意地悪ね。アップリンはもともとよくできてた。マウント取るためにわざとダメ出ししたでしょ」

「バレた？　こういうのは初めが肝心だからな」

神子が笑う。「血が騒いだんだよ。久しぶりにスイーツに関わって。自分の時代には挑戦できなかったことを、彼らに託したくなっちゃったのかもしれないな」

「私も久しぶりに見た。楽しそうに仕事するあなたのこと」

一岡の言葉に、神子は複雑な表情を浮かべた。


その夜、樹木たちは居酒屋で乾杯していた。

「マコっちゃん、お手柄！」

「本当に新谷のおかげ。本当にありがとね」

「いやいや、そんな……やっぱり？　俺偉いよね！」

上機嫌の誠を、樹木たちは「めちゃ偉い！」とほめちぎった。

「写真撮ろっか」

里保が言い、樹木は「撮ろ撮ろ！」と、スマホを取り出した。三人でピースサインをして画面におさまろうとしたけれど、なかなかうまくいかない。手間どっていると浅羽からＬＩＮＥが届いた。『日曜待ってる』の表示がスマホの画面に出てしまう。

「あ、ちょ、トイレ！」

樹木はスマホをしまい、逃げるように席を立った。

どうしよう。トイレの中でテンパっていると、里保が入ってきた。

「いいの、もう別れたから」

里保が言う。「拓実とは別れたの。だからもう私のことは何も気にすることないよ」

「え……なんで別れ……」

「樹木ちゃん、拓実のこと好きでしょ？」

逆に問いかけられ、樹木は「いや、そんな……」と、さらにパニックになった。

「隠してもダメ。好きがダダ漏れてる。とっくに気づいてたよ、私も……新谷も」

「……え？」

飲み会の初めはあんなに盛り上がっていたのに、誠と二人の帰り道は無言だった。

「……ごめん。でも行く気ないから。ほんと。全然。マコっちゃんとの先約あるし」

樹木は言ったが、誠は黙っている。さっき里保が言っていたように、誠も樹木が浅羽を好きだと知っているのだろうか。

「いつから知ってたの？」

思いきって、尋ねてみた。

「シュークリーム作ってるときから」

「そんな前……？」

絶句していると、誠が「キキちゃん」と、呼びかけてきた。

「拓兄ィのこと、まだ好き？」

返事をする代わりに、樹木は誠の手を取り、指を絡めた。驚く誠にニコッと笑いかけ、そのまま黙って歩きつづけた。


誠は浅羽が仕事から帰ってくるのを、マンションの前で待っていた。

「何してんだ、こんなとこで。寒いだろ。上がれよ」

「どういうつもりだよ？　言ったよな。俺、キキちゃんとつき合ってるって」

食って掛かるように、問いかける。

「ちゃんと返事もらったわけじゃないんだろ」

「俺さ、ガキの頃からずっと拓兄ィと一緒にいて、勉強もサッカーも敵わなかった……でもこれだけは譲れねぇよ。キキちゃんは渡さない！」

黙っている浅羽に、誠はもう一度「渡さない」と、強い口調で言った。

「選ぶのは彼女だ」

いつものように淡々と言う浅羽を、誠は睨みつけた。


翌日、樹木がスイーツ課でアップルクランブルチーズのポスターデザインを見ていると、誠が呼びに来た。話があると言うので、廊下に出る。

「昨日のことだけど」

「昨日……社長のこと？　だからあれは……」

今はもう違う、と誠に言おうとした。

「行って来なよ……ううん、行って欲しい」

誠に言われ、樹木は「なんで？」と、目をぱちくりさせた。

「もうすぐクリスマスだね。例の返事欲しいんだ」

誠はまっすぐに樹木を見た。「俺、キキちゃんにはちゃんと選んで欲しい。一点の曇りもなく俺のことを。だから行って、自分の気持ち確かめて来て」


日曜日、樹木はパーカーにジャージという姿で、待ち合わせ場所に向かった。

「なんだ、その格好は。もっとこぎれいな格好しろよ」

浅羽は言う。

「あのさ、仕方なく来てやってんの。何で社長に会うのにいちいちおめかししなきゃなんないの？」

そう言ったものの、樹木だって何を着て来るかさんざん迷った。きれいめのスカートやワンピースも着てみたのだが、頭の中がぐちゃぐちゃになり、結局この格好に落ち着いた。

「そんなんで街中歩くの恥ずかしくないか、逆に」

「ありません」

「まあいい、乗れ」

浅羽は樹木を車の中に押しこむように乗せた。

「……またかよ」

夜、二人は樹木のリクエストで焼き肉屋に入った。昼間は美術館で現代美術の画家の作品を鑑賞させられ、楽器屋でクラシックのCDを視聴するのにつき合わされたのだが、樹木はあまりにも退屈だったので、遠慮することなく態度に出した。

浅羽は今日は自分がやると申し出て、一枚一枚ていねいに肉を焼いた。

「またかよじゃなくて、まだ？　ちょ、もう貸して」

この日の店はカウンターだったので、樹木は隣の席からトングを奪おうとした。だが浅羽はさっとよけ、焼けた肉を樹木の皿に載せた。

「すぐ次の焼いて」

「その前に網を変える」

「え！　いいよ、まだイケるよ！」

「特選黒毛和牛だ。いい状態で食べなきゃ肉に失礼だろ」

そう言って、浅羽は店員を呼んだ。

「じゃアイスも一つ」

「アイス？　メシの途中だろ」

「待ってる間に一回リセットする。で、第二ラウンド始める」

「変な奴だな」

「変な奴はそっちでしょ。断トツトップでそっちです」

「また間違ってる。断トツというのは断然トップの略なんだよ。だから断トツトップってのは断然トップトップと重複……」

浅羽が語ろうとするので、樹木は耳をふさいだ。

「常識ないのを教えてやってるんだろ。聞け」

浅羽は樹木の手を耳から外そうとした。わちゃわちゃしてしまい、樹木はおかしくなって笑った。浅羽も一緒に笑っている。

「ねえ、ほんとになんだったの？　もしかしてどっか行っちゃうの？　コンビニカーうまく行ったし、もう辞めて次行っちゃうつもりなんだ？　どこ行くの？　アメリカとか？　夢デッカそうだもんね。今日はお別れを言うため……？」

樹木は矢継ぎ早に言った。

「妄想でどんどん話を進めるな」

「……だって里保さんと別れちゃったんでしょ。お似合いだったのに別れちゃうなんて、遠く行っちゃうからじゃないの……？」

「違う。ちょっと黙ってろ」

浅羽はサンチュで包んだ肉を樹木の口に押し込んだ。

「『ココ、ヨリドコロ、ココエブリィ♪』」

帰りの車に乗り込んだ樹木は、上機嫌で歌っていた。

「酔うと機嫌いいな」

「ねえ、社長……」

「シートベルトをしろ」

「ずっとココエブリィにいて……」

浅羽は樹木を見た。樹木も浅羽を見て「ね？」と首をかしげる。

「シートベルトしろって」

「どこ？」

「ここだここ」

シートベルトを掴んで差してやり、顔を上げると樹木の顔が近くにあった。二人は一瞬見つめ合ったが……。

「送ってく」

浅羽は姿勢を正し、エンジンをかけた。

数日後、樹木は工房で誠にクリスマスケーキの企画書を渡した。

「企画通ったんだ？」

「うん、やっと。これもスイーツ改革が復活してくれたおかげ。今年のは間に合わなかったけど、来年のために試作品を作ってみろって」

「すごくいいケーキだね。誰を想って作ったの？」

誠に尋ねられ、樹木は一瞬、黙った。でもすぐ笑顔になって言った。

「マコっちゃんに決まってんじゃん」

「おお、すっげぇ嬉しい……今夜……」

「ごはん行く？　いいよ」

樹木は誠の言葉を先取りして言った。

「例の返事聞かせて」

そう言うと、誠は「ちょっと一本電話」と、スマホをかざしながら出て行ってしまった。

里保が工房にやってくると、廊下で誠が壁に手をついてスーハーと、息をしていた。

「どうしたの？」

「覚悟決めてたとこ……」

「覚悟？」

「キキちゃんに例の返事くれって言った。今夜俺、フラれるんだ」

誠は顔を上げた。

「フラれるって……わかんないじゃん、そんなの」

「わかるよ。俺を誰だと思ってんの？　けっこーな確率でフラれて来てんだよ」

誠の言葉に、里保は思わず笑ってしまった。

「ごめんごめん。情けないこと言ってないで、最後までカッコいいとこ見せつけな」

里保は誠の背中をバシッと叩いた。


一度帰宅した樹木は、のろのろと服を着替えていた。

「どした？　早く着替えないと遅れちゃうよ」

スーが樹木に声をかけてきた。「なんだなんだ？　デート行くとは思えない顔してるぞ」

「マコっちゃんて、すごいいい奴だよね」

樹木が言うと、スーは大きくうなずいた。

「あの笑顔見ると、こっちも嬉しくなる」

「うん、わかる」

「例の返事してってマコっちゃんに言われた。どうすればいい……？」

「キキの思った通りにすればいいんだよ」

「……あたし、いつも選んでくださいって必死に手挙げる側だった。選ぶ側なんて初めてで、どうしたらいいかわかんないよ……」

「キキは誰とクリスマス過ごしたいの？」

スーの言葉に、樹木はじっと考えた。そして自分の中で答えが出て、うなずいた。


浅羽は『ココエブリィ』本社に来て、移動販売車の事業案を神子にプレゼンしていた。

「このビジネスモデルは全国どこへ持って行っても通用します。大手には資本で負けますが、ノウハウで勝てると確信してます。考えていただけませんか」

浅羽が問いかけたが、神子は黙り込んだ。浅羽は「神子さん？」と呼びかけた。

「疲れた。甘いものでも食べたくないか？」

神子は机の上に置いてあった保冷バッグから商品パッケージされたアップルクランブルチーズを取り出し、自分と浅羽の分を一つずつテーブルの上に置いた。

「さっきスイーツ課が持って来た。明日発売になる」

神子は食べ始め、君も食べろと顎で示した。浅羽も手に取り、食べ始める。

「どうだ、うまいだろ。君のときより」

「ええ、まあ……」

「素直に認めろよ。俺の方がデキがいいって」

「ええ、まあ……」

「負けず嫌いだな。君がスイーツに手を出したのは話題を作って、うちを高値で売り払うためだ。地方と手を組みＳＤＧｓに力を入れたのも同じ理由。だが動機はどうあれ、君のやることはいつもうちの価値を高めてる。この移動販売車もそう。認めるよ、俺は実力を」

神子の言葉に、浅羽は驚いて顔を上げた。

「提案通り、移動販売事業部を起ち上げる……が陣頭指揮を執るに相応しい人物がうちにはいない。頼めるよな。そのつもりで来たんだろ」

神子が穏やかにほほ笑む顔を、浅羽は初めて見た。驚きすぎてぽかんとしていると、神子が右手を差し出してきた。

「ありがとうございます」

浅羽はその手を握り返し、頭を下げた。

社長室を辞した浅羽は、樹木に電話をかけた。けれど出なかった。まだ仕事かと、スイーツ課に来てみると、里保がいた。突然、浅羽が現れたので、目を丸くしている。

「えっ、どうしたの?」

「他の人は……」

ホワイトボードに目をやると、里保は察したようだった。

「樹木ちゃん?　樹木ちゃんなら今、新谷といるよ……今日、返事するみたい」

街は全体的にキラキラしていた。サンタの置物やツリーがあちこちに飾ってあり、クリスマスムードが高まっている。樹木と誠はボウリングデートの後、そんな街の中を緊張気味に歩いていた。

「……じゃそろそろ」

誠が立ち止まった。

「うん……」

樹木が言おうとすると「あ、ちょっとタイム」と、誠は深呼吸をした。心を落ち着かせ、どうぞ、と言ったが、樹木が言おうとすると、またタイムをかける。

そんな誠がいじらしくて、樹木は笑いながら一歩近づいた。さらにもう一歩近づいて、誠の目の前に立つ。

「え？」

「マコっちゃん……」

二人は至近距離で見つめ合った。

「あたし、クリスマスは……」

樹木は誠を見上げた。誠は仕事で新作スイーツを試食してもらうときより、緊張した表情を浮かべていた。ドキドキしている心臓の音が聞こえてきそうだ。

そこに、誰かが走ってくる足音が聞こえた。

「拓兄ィ……」

「社長、なんで……？」

誠と樹木は同時に声を上げた。

「あったよ」

浅羽が、肩で息をしながら言う。

「君と一緒にいてよかったこと、たくさん……シュークリームの完成も、ものづくりの楽しさも、バイトして気づいたことだってあるし、移動販売車だって……」

白い息を吐きながら、途切れ途切れに言葉をつないでいく。

「いや、そういう仕事の話がしたいんじゃなくて……だからそう、君といるとイラつくし疲れるし全然自分のペースに進まないし、趣味も好みも価値観もまるで噛み合わな……」

聞きながら、樹木は眉間にしわを寄せ、首をひねった。

「でも楽しい。君といると」

浅羽はまっすぐに樹木を見た。

「会社で毎日会ってるときはわからなかった。そこにいるのが当たり前だったから。そばにいなくなってやっと気づいたよ」

そして、浅羽は一つ息をついて、言った。

「俺には君が必要だ」

第10話

真っ白なクリスマスイブ

アパートに帰ってきた樹木は、玄関にぼーっと突っ立っていた。

「お帰りキキ。どうだった。なんて返事したの？」

漫画を描いていたスーが立ち上がり、出迎えてくれた。

「……必要だって」

「言ったの、そう？　マコっちゃんに？」

「社長が……いきなり社長が来て、あたしに……一緒にいたいって……」

「何、どゆこと？　浅羽ッチが？　キキに？　うっそ、やったじゃん！」

喜んでくれるスーの言葉を遮り、樹木は食い気味に「なんっっだあいつ！」と、叫んだ。

「もう何っ度も何度も諦めて気持ち閉じ込めて、やっと！　やっと次に進もうとしてたのに今さら何なの？　デリカシーなさすぎ！　ムカつく！」

話しているうちに頭が沸騰してきて、乱暴に靴を脱ぎ捨ててリビングに上がりこんだ。

「じゃ断ったんだ？」

「え、いや、それはまだ……」

「まだ？　じゃマコっちゃんにはなんて答えたの？」

スーに聞かれて、樹木は黙り込んだ。浅羽が来たことでパニックになってしまい、どちらにも返事はしていないのだった。


ボトッ。バックルームで飲料の棚出しをしていた浅羽は、ペットボトルを落としてしまった。これで何度目だろう。昨夜のことがあったせいか、今日はどうも集中できない。

「何これ！」

「シフト、ガチガチじゃないスか！」

と、背後でスーと陸斗の声が上がった。

「しょうがないっしょ。しょうがないっしょ。クリスマスシーズンなんだから、ねえ？　忙しいのわかるよね！」

上杉が二人をなだめている。どうやらシフト表を見て揉めているようだ。

「てか浅羽ッチ全然入ってなくない？」

「ほんとだ！　ズルい！」

スーと陸斗の視線を感じた浅羽は「あ、実は」と振り返った。

「今日で辞めるのよ、浅羽君」

上杉が言うと、スーたちは「え？」と声を上げた。

『昨日のことだけど』

夜、樹木は誠にメッセージを打とうとしていた。でもしばらく考えて消し、打ち直した。『話があるんだけど』。いや違う。また消した。頭を抱えてソファに倒れ込んだところで「ただいまー」と玄関が開いた。「お邪魔しまーす」と、上杉たちも入ってくる。

「お別れ会することになった」

スーに言われてハッとして最後尾を見ると、浅羽がいた。樹木はスーの手を引っ張り、後の三人は外に押し出した。

「どゆこと！　社長いるじゃん！」

「浅羽ッチのお別れ会だから。本部に戻るんだって。で、餃子パーティ」

スーは買い出しの袋を掲げた。

「ちょちょちょ、勝手に困るよ！」

慌てて脱ぎ散らかした服や、食べ散らかした菓子や、読み散らかした漫画を抱えた。雑誌の下からアイドル時代のイタい写真も出てきた。ゲッとなって足で隅の方に押しやる。

「昨日言ったよね。社長に……」

「だから話し合えるいいチャンスじゃん」

「いやいやいや……」

スーとこそこそ揉めていると、上杉がまだかと玄関から顔を出した。そして陸斗と一緒に勝手に中に上がってくる。樹木は慌てて抱えていた服などをスーのベッドに押し込んだ。

「浅羽君浅羽君、おいでおいで。君、主役なんだから」

上杉はもたもたしている浅羽を引っ張り込んだ。樹木は浅羽と目が合ってしまい、慌ててうつむいた。すると足下に先ほど片付けたはずのアイドル写真が落ちているのを発見して、急いでこたつの中に蹴り払い「いらっしゃい」と、笑顔を作った。


数時間後、樹木は浅羽と二人で部屋にいた。上杉と陸斗が寝てしまったので、起きていた三人で片づけをしていたら、スーが気を利かせてお酒を買いに行ってしまったのだ。

「……悪かった。迷惑だったよな、昨日の」

浅羽が先に口を開いた。ここのところ、樹木と会うときの浅羽は眉間にしわを寄せていることが多い。

「なんで謝んの？」

「なんで怒る」

「怒ってません」

「よくわからない奴だな」

「そっちでしょ。いきなりあんなこと言ったり、謝ったり」

「わかるように言ってくれ」

「なんでわかんないの！」

樹木は寝ている上杉と陸斗のために、毛布を持ってきた。手伝おうとしたのか浅羽も歩いてこようとしたが、ふとこたつに目を落とした。床にアイドル写真が落ちている。浅羽の視線に気づいた樹木はさりげなく歩いていき、見つからないように踏みつけた。

「足どけて。何か落ちてた」

浅羽が言う。

「気のせいでしょ」

「退けろって」

浅羽は無理やり樹木をどかそうとした。

「イヤだ」

はねのけたつもりだったが、バランスを崩してしまい、浅羽ともつれ合って床に倒れ込んだ。浅羽が樹木に覆いかぶさるような格好になってしまい、焦っていると、視線を感じた。

横を向くと、目を覚ました上杉と陸斗が樹木たちを興味津々といった表情で見ている。

「……あ、どうぞ」

「寝てます……」

二人が寝たふりをするのを見て、浅羽と樹木は目を合わせた。我に返った樹木は浅羽を突き飛ばし、台所に立つ。

「……社長」

そして背を向けたまま、呼びかけた。

「ん？」

「会社、戻ってくれてありがと……」

それだけ言うと、水道の蛇口をひねって洗い物を始めた。

浅羽は久々にびしっとスーツを着て、出社した。すれ違う社員たちから好奇の視線を浴びながらエレベーターホールにやってくると、誠が待っていた。

「なんでいんの？」

「戻った」

浅羽は新しい名刺を見せた。肩書は代表取締役ではなく『移動販売事業部』だ。

「こういう戻り方あるんだ。拓兄ィなら他にも選択肢あったろ。なんでまた戻ったの？　キキちゃん？」

尋ねる誠に、浅羽は何も答えなかった。そこにエレベーターが来た。

「乗らないのか」

「健康のために階段で行くわ」

誠は浅羽に背を向け、行ってしまった。

歩き出した誠は、廊下でふと足を止めた。クリスマスケーキのポスターが貼ってある。

『あなたは誰と食べたいですか？』

しばらくそのコピーを見上げていた誠は、階段を上り、工房に向かった。椅子に座って樹木のクリスマスケーキの企画書を見ていると、本人がやってきた。

「マコっちゃん、話がある」

「俺も。話がある」

二人は昼休み、近くの公園で落ち合った。

「例の返事なんだけど……」

樹木が思いつめた表情で切り出してきた。

「うん」

誠はまっすぐに樹木を見つめ、続きを待った。

「あのさ……」

「なに？」

問いかけると樹木は何も言えなくなり、誠から目を逸らして下を向いた。

「……拓兄ィとクリスマスを過ごしたい——昨日、そう言おうとしたんだよね」

「えっ？」

樹木は目を丸くした。そしてまた、うつむいてしまった。

「しっかりしろよ！」

誠は声を上げた。「話があって呼び出したんだろ。なら怯むなよ。気ィ遣ってんなよ、俺なんかに。キキちゃんの本当の気持ち、ちゃんと聞かせて」

励ますように言う誠を、樹木は改めて見上げた。

「マコっちゃん、あたし……」

「うん」

「……社長が、好きです」

わかっていた。わかっていたけど、目の前ではっきり言われると、堪えた。

「だから……ごめんなさい……」

「……うん」

自分を落ち着かせるために、誠は一つ、大きく息を吐いた。そして「そんな顔するなって。ほら行け」と、樹木の背中を押した。

「……マコっちゃん」

「キキちゃんの幸せが、俺の幸せだから」

行け行け、と、手で示すと、樹木はうなずいた。

「……ありがと」

走っていく樹木の後ろ姿を見つめ、誠はあーっと、近くのベンチに倒れ込んだ。

浅羽はスイーツ課に挨拶に来て、改めてみんなに挨拶をしていた。

「コンビニカーの売れ筋は実はスイーツなんです。ですから移動販売に特化したスイーツを、これからみなさんと一緒に開発できたらと」

「へえ、それは面白そう」

里保が自然な口調で言う。

「ちょうど使えそうなネタがあるんですよ。よかったら」

三田村に促されて会議室に行こうとしたとき、樹木のデスクに置かれたクリスマスケーキの企画書に気づいた。

「それね。デキはいいんですけど、企画通すのが遅くて来年の販売なんですよ」

「変にこだわってて、あいつ」

「直さないから開発外されたりもして」

スイーツ課のみんなが口々に言うのを聞きながら、浅羽は『クリスマスが嫌いな人もハッピーになれるケーキ』というタイトルの企画書を手に取った。

「どうぞ」

三田村が会議室のドアを開け、浅羽を待っている。

「……すみません」

浅羽はスイーツ課を飛び出した。

ロビーに出てきた浅羽は、樹木に電話をかけた。エスカレーターを使うのももどかしく、とりあえず階段を駆け下りた。

「今どこだ?」

「あの、あれ、あそこ、みんなで集まったとこ」

「はあ、それどこだ？」

浅羽は外に出て、走った。走って走って、目黒川沿いの道に出たとき、反対側に樹木がいるのが見えた。

「待ってろ、今そっちに行く」

「あたしも」

樹木は浅羽と反対方向の橋に向かって走り出した。

「逆だ、逆！　なんでそっち……待てって言ったろ！」

と、踵を返して樹木と同じ方向に走る。まったく……と、思わず呟いてしまう。

「え？　なに？」

「まったく……君とはいつもうまくいかない！」

浅羽は声を張り上げた。

「こっちのセリフ」

「最悪の相性だ」

「よく知ってる」

やっと橋に着くと、前から樹木が走ってきた。浅羽はそのまま樹木を抱きしめた。

「朝起きるとまずこう思う。今日君はどんな顔してるかな。何を話そうって。いつの間にか君が俺の日常の一部になってた……」

そして腕の中の樹木に言った。

「好きだ」

だが樹木は黙っている。

「返事をくれないか」

浅羽は樹木の答えを待った。

「悪いけど社長……」

樹木の言葉に、不安が走る。

「あたしの方がその百万倍社長のこと好きだよ」

でも樹木の口からは、予想外の言葉を聞くことができた。「あたしも、いつからかよくわかんないけど、もうずーっと好き。社長が好きになる前からずーっと」

「ずっと？　温泉で俺に好きは冗談だと言っただろ」

「そっちが冗談」

「ん、何？　もう一度言って」

浅羽はわけがわからなくなり、眉根を寄せた。

「だから……」

樹木は背伸びをして、浅羽にキスをした。驚く浅羽を見て、えへへ、と笑っている。まったく……浅羽はお返しにもっと熱いキスをした。


帰り道、樹木は歩きながらスマホで浅羽を撮影した。

「かわいー！」

加工アプリでうさぎの耳をはやした浅羽を見て爆笑していると、

「すぐなんでも可愛いって言う。俺で遊ぶな」

と、スマホを取り上げて樹木を撮った。

「可愛いな」

浅羽は猫になった樹木を見て呟いている。

「何なに？　なんて？」

樹木は浅羽に体を寄せた。

「なんでもない」

浅羽はさっさと行ってしまう。

「なんて？　ねえ言ってよ！」

追いかけていったが、浅羽は振り返らない。口をとがらせながら冷たくなった手をこすり合わせていると、浅羽は樹木の手を取って自分のコートのポケットへ入れた。胸の奥でキュンと音が鳴り響く。樹木は顔を上げ、浅羽とほほ笑み合った。


「あー俺バカだー！　カッコつけたー！」

誠は上杉と陸斗と、カラオケに来ていた。

「ね、ね、何て言ったんだっけ？」

上杉が誠に言わせようとするのを「ちょ、もう店長」と、陸斗が制した。でも上杉は「やって、ねえ、もういっぺん！　お願い！」と、しつこい。しょうがないなあ、と、誠は顔をキリッとさせ、芝居がかった口調で言った。

「拓兄ィのところに行きなよ」

「うわー決めに行ったねー！　それで酒飲めるわー！」

上杉は大喜びだ。

「俺、もう恋なんてしないです……」

誠はしゅん、とうなだれた。

「いいよねえ。そこまで言えるほど好きになれたんだから。その胸の痛み、誇りに思いな」

上杉が真面目な顔で言う。「今はまだこの人しかいないって思っててもね、人はまた出会っちゃうもんだから」

「そうっスよ。また恋しましょ！」

元気出してください、と、陸斗が励ましてくれる。

「……とりあえず来週のクリスマスは男三人、仲良く飲みましょうね！」

誠が言うと、

「あ、俺はダメ」

「俺もダメっす」

二人は即座に断った。

「なんで？」

「ちょっといい子がいるんだよね」

「俺もっス」

「えー！　話違うじゃん！」

誠はテーブルに突っ伏した。

浅羽は清水と共に、コンビニカーの視察に来ていた。コンビニカーの業務は上目黒店が引き継ぎ、今日はスーと陸斗が、公園前の広場で販売をしている。

「都築部長がどうして……」

浅羽は買い物客の中に都築がいることに気づいて、清水を見た。

「私が声を掛けたんです」

え、と驚いている浅羽の元に、都築がやってきた。

「新しい事業を手土産に本部に戻るなんて、相変わらず転んでもただじゃ起きない奴だよ。面白いな。コンビニカーでは生鮮三品も買える」

都築は肉や魚、野菜などを買ったようだ。

「店舗とは需要が違うので」

浅羽が言うと、清水がさらに続けた。

「いわゆる買い物難民と呼ばれてる人たちは日本以外にも多くいます」

「もちろん海外展開も視野に入れています」

浅羽はうなずいた。

「よかった、同じ意見で」

清水はそう言うと、笑顔で都築を見た。すると都築は浅羽を見て、口を開いた。

「実はエクサゾンの取引先である海外企業が、移動販売に関心を示してててな。興味あるか」

その言葉を聞いた浅羽は、驚きでいっぱいだった。

里保たちが取材を受けると聞き、浅羽は社長室に見学に来た。中では、里保がアップルクランブルチーズのプロジェクトリーダーとして、取材を受けていた。誠も同席している。

「アップルクランブルチーズの開発の裏側、とても興味深く拝聴しました。最後に今後のスイーツ開発についてお聞かせください」

記者が里保に尋ねた。

「私は移動販売に特化したスイーツを作りたいと思っています。被災地では寒くてもその場で温まれるようなあったかいスイーツですとか、高齢者施設では健康に気を遣った低糖質低カロリーのスイーツですとか。今までとは違った視点での挑戦にわくわくしてます」

「新谷さんは」

「スイーツ改革が始まってから、自分の仕事に今まで以上にやりがいを感じてます。世界が広がって素敵な出会いもありました」

答えた誠の視線の先には、やはり取材を見守っている樹木がいた。

「だから、やりがいと出会いをくれた浅羽前社長には感謝してます」

誠は浅羽を見た。里保も樹木も、浅羽を見ている。みんなはそれぞれ視線を交わし、うなずき合った。

取材後、浅羽は誠と中庭に出た。缶コーヒーを買ってきて渡すと、誠は「どうも」と受け取った。だが誠は浅羽を見ようとしない。

「緊張、してたな」

「慣れてねーから……」

「スーツ、似合ってる」

浅羽はスーツ姿の誠をほめた。

「嘘言え。周りに『今日は成人式？』って冷やかされた」

その言葉に思わず笑ってしまう。

「あ、ほら。やっぱそう思ってんだ。似合ってないって」

「思ってねえよ」

「笑ってんじゃん」

「笑わせようとしたんだろ」

「してねーよ」

ふざけ合っているうちに、いつの間にかいつもの二人に戻っていた。

「拓兄ィはさ、やっぱビシッとスーツ着てんのが一番だよ」

「そうか」

「うん。似合う」

「またよろしくな」

浅羽が言うと、誠は「ああ」とうなずき、二人で缶コーヒーをコツンとぶつけ合った。


あちこちでイルミネーションが輝き、クリスマスソングが流れ、街はもうすっかりクリスマス一色だ。樹木はインテリアショップで、浅羽の部屋のツリーに飾るためのクリスマスオーナメントを見つくろっていた。

「そんなにどこに飾るんだ」

「いっぱいあるじゃん。社長の部屋、何にもないんだから」

「物でごちゃごちゃするのは嫌いなんだよ」

「余計なもんはあるくせに」

ハンモックとか、と、樹木は言った。

「あれはリラックスタイムの必需品だろ」

「社長って変わってるよね」

「君が言うな。というか、その社長って呼び方、いいかげん変えろ」

「あ、大事なの忘れてた」

「聞いてる?」

問いかけてくる浅羽には答えず、樹木はツリーのコーナーに向かった。

「……ちょっと大きくないか」

浅羽は樹木が選んだツリーを見て首をひねっている。

「これくらいないと。車に載るかなあ」

「え、持ち帰るつもりか?」

「よく外国映画で車の屋根にロープで縛って運んでるじゃん。あれ、憧れない?」

「送ってください」

浅羽は樹木の意見を却下し、即座に店員に言った。

出勤した樹木は、工房で誠と試作品のクリスマスケーキを作っていた。

「……これさ、来年に向けての試作品だから厳しい締切り言われてないけど、キキちゃんの中でいつまでに完成させたいとかって、あるの?」

誠が尋ねてくる。

「二十四日」

「けっこう厳しいね」

「間に合わないかな」

「何言ってんの。間に合わせよ」

誠がそう言ってくれたので、樹木は作業を続けた。


浅羽の部屋にツリーが届き、サンタやトナカイなどの雑貨が賑やかに飾られ、だんだんとクリスマスの準備が整ってきた。

「クリスマスツリーの飾り付けなんて子どもの頃以来だな」

「子どもの頃はやってたの？」

「まだクリスマスが楽しかった頃はね」

「今年は楽しくしようね！」

樹木の言葉に笑顔でうなずきつつも、浅羽はツリーを見て顔をしかめている。

「ちょっと待て。なんだ、これは」

「短冊、知らないの」

「七夕じゃないんだ。どさくさに紛れて願い事をするな」

「いーじゃん。ついでにサンタさんに叶えてもらえば」

「クリスマスはそういうイベントじゃない。キリストの誕生を祝う日だ」

浅羽は短冊をはずした。

「キリストって神様でしょ。じゃ、いいじゃん。願い事叶えてくれても。キリストもサンタさんも嫌がらないと思うよ」

「織姫と彦星が気ィ悪いわ」

浅羽は言うが、樹木は別の短冊をかけた。でも浅羽がすぐにはずす。樹木はそれでも別の短冊をかける。二人は短冊を取り合いながら、ソファに倒れ込んだ。

「そういえばクリスマスの店、決まった?」

「ああ、最高のレストランを予約した。恵比寿の……」

「あっ！　言わないで。サプライズを楽しむから」

樹木は浅羽の口をふさいだ。

「二十五日の十九時。家に迎えに行く」

「二十五日？　いや、二十四日でしょ」

樹木は飛び起きた。

「クリスマスディナーがしたいって言わなかったか」

「言った。クリスマスといえば二十四日でしょ。フツー世の中がウキウキするのは二十四日の夜でしょ」

「フツーって何だ。クリスマスは二十五日なんだよ。それに俺、二十五日の夕方まで出張なんだ」

想定外の言葉に、樹木は「え？」と、途方に暮れた。

翌日、樹木は工房でクリスマスケーキを作りながら、誠にクリスマスは二十四日か二十五日か尋ねてみた。

「たしかに本番は二十五日だけど、恋人たちにとってのクリスマスってイブを指すんじゃない？」

誠は隣の作業台でベンダーの主任、山口と作業をしている里保を見た。

「フツーそうじゃない？」

里保が言うと主任の山口も「そう思います」とうなずいている。

「ですよねっ！」

樹木は浅羽と揉めたことを話した。

「いや、二十四日二十五日論争があったんですよ」

「拓兄ィと？　目に浮かぶわ。あの人、理屈がうるさそうだもんな」

「で、二十五日がクリスマスだって言って聞かないの？　代わりに蹴り飛ばしてあげよっか」

誠と里保が言ってくれる。

「ま、俺はどっちもいつものごとく実家の手伝いだけどね。北川、今年もヘルプに来てくれるよね」

「私、ホームパーティ」

里保は主任の家に呼ばれているのだと言った。「山口さん顔広いから。いろんな人来るんだって」

「そっか。まあ、俺も最近ゆっくり親父と話せてないし。家族で過ごすクリスマスもいいけど」

「ふうん。皆、楽しそう」

樹木が言うと、誠と里保が樹木の足を踏んだ。

「シングルベルのクリスマスを楽しそうとか言うんじゃない」

「そうそう」

二人は自虐的な笑みを浮かべた。

会社を出た樹木は、寄り添って歩くカップルとすれ違うたびにため息をついた。

『北京着いた』『商談中。しばらく返事できない』

スマホを見ると、浅羽からメッセージが届いているが、どれもそっけない。

「仕事バカ……」

立ち止まって呟きながら、樹木は『会いたいよー』と泣いているスタンプを押した。


そして二十四日。樹木と誠はクリスマスケーキを完成させた。

「できた！」

「なんとか間に合ったね」

誠とお互いをたたえ合い、スイーツ課で試食をしてもらうことになった。

「うん、間違いない」

三田村と一岡は一口食べてすぐにそう言ってくれた。

「見た目も可愛いし」

「ウキウキした気分になれるね」

「来年まで持ち越すのもったいないくらい」

土屋と藤野と里保も大絶賛だ。

「拓兄ィのリアクション、楽しみだね」

誠が樹木の耳元で言った。「拓兄ィを想ってこれ作ったんだろ？　とっくにわかってたよ。だから今日までに完成させたかったんでしょ」

「……でも今夜は会えないんだ……ま、明日会えるからいいんだけどね」

樹木は寂しい気持ちを隠して笑顔を作った。


「遊びに来ちゃった」

仕事帰り、樹木は『ココエブリィ』にやってきた。一人で家に帰るのは寂しすぎるし、でも行くところといったら、結局ここしか思い浮かばなかった。

「今忙しいから」

スーはサンタの帽子をかぶり、チキンやケーキを手に次から次へとレジに現れる客をさばいていた。上杉や陸斗も忙しそうだ。

「あ、全然全然。働いててください」

樹木はイートインに座り、スマホを取り出して浅羽から届いたメッセージを開いた。

『北京、寒い』

いつもの短いコメントに、コートを着て震えている写真が添えてある。

いた。

『風邪引かないで。お仕事頑張って！』

返信し、持ってきた紙袋に視線を落とした。そこには試作品のクリスマスケーキが入って

誠は会社から実家のケーキ屋に直行した。さっそく服を着替えて、父親を手伝い始めた

が、小さな店なのにひっきりなしに客がやってくる。

「あ、予約の方ですね。お名前は……田中様。ちょっと待ってください。田中、田中様……

ブッシュドノエルで。今持って来ます」

奥に行き、箱を持ってきて、紙袋に入れて渡した。

「ありがとうございました」

ふうっと息を吐いたところに、また次の客が来た。

「ショートケーキ、残ってますか」

「あ、今焼いてるとこで……北川！」

顔を上げると、里保だった。

「手伝いに来た」

「え、なんでなんで？　だって今日……」

「なんか気になっちゃって」

里保は慣れた様子でショーケースの内側に入ってきて、持参してきたエプロンを付けた。

「すげーありがと。北川」

心から感謝する誠に、里保はニッと口角を上げて笑った。

「今度奢れよ」


夜になりココエブリィの店内はようやく一段落した。

「あー疲れた」

客がいなくなった店内で、スーは思わず声を上げた。

「ケーキとチキンばっかでしたね」

「おかげさまで完売です」

陸斗と上杉もヘトヘトだ。三人はサンタ帽を取ってお互いをねぎらい合った。そして三人同時に、イートインコーナーにポツンと座っている樹木を見た。樹木はテーブルの上に置いた紙袋の中身を見つめながら、何度もため息をついていた。


コンコン。

窓を叩く音に顔を上げると、ガラスの向こうに浅羽がいた。

え？

幻かと思っていると、自動ドアが開き、寒気と共に中に入ってきた。

「樹木」

「え、え？」

驚いている樹木の前に立ち、浅羽は腕時計を見た。

「間に合った。あと二時間ある」

「出張じゃ……？」

「急いで仕事を終えて帰って来た。特別なのは今夜なんだろ？」

「だって……だってさっきＬＩＮＥで北京……」

「言ったらサプライズにならないじゃないか」

「もう……バカ！　寂しかったじゃん！」

樹木はげんこつで浅羽の胸を叩いた。「今日一日どんな気持ちでいたと思ってんの。みんな楽しそうなのに、初めて一緒に過ごすクリスマスなのに、ずっと一人ぼっちでさ。ただここに座って……」

「ああ、悪かった」

「だいたいイブに出張入れてる時点でもう間違ってるから！　早く帰って来たからってチャラにならないから！」

「悪かったって。いいだろ、もう」

「言いたいこと溜まってんの！　クリスマスは二十四の夜から二十五の日暮れまでってネットに書いてあったし！　てことは、どっちかって言うとあたしの方が正しいし！　もう暇だからめちゃくちゃ調べまくって……」

まくしたてる樹木の唇を、浅羽は素早くキスでふさいだ。

「……ズルい」

こうすれば何も言えなくなるってわかっていて、本当にズルい。

「機嫌直せよ。クリスマスプレゼントだ」

「え！」

目を輝かせた樹木に、浅羽はポケットから取り出したスノードームを差し出した。

「温泉のじゃん」

「一度返されたからな。改めてもう一度、君に贈りたい」

仕方ないなあ、という顔をしながら、樹木は受け取った。スノードームを振ると、中で雪が舞った。中央では小さな人形のカップルがツリーを見上げている。二人は頬を寄せ合い、スノードームをのぞいた。

誠と里保は、店じまいをした店内を片付けていた。

「そういえば見た？　樹木ちゃんのインスタ」

ショーケースを拭いていた里保が尋ねてきた。

「ん、なんで？」

「見てみなよ」

言われてインスタグラムを開くと、最近販売されたコンビニスイーツの写真が表示された。

「ちょっとスクロールして」

里保に言われてスクロールしてみると、誠が樹木のために作ったガトーフランボワーズの写真が載っていた。『うれしかった。ありがとう』と、コメントが添えてある。

「コンビニスイーツ以外でキキかじりに載ってるの、新谷が作ったそのスイーツだけだね。やっぱり樹木ちゃんにとって新谷は特別なんだね。恋人じゃなかったかもしれないけど」

「うっせーよ」

余計な一言を言われ、誠は苦笑いを浮かべた。

「樹木ちゃんからの感謝状、最っ高のクリスマスプレゼントじゃん」

里保の言う通り、樹木の気持ちはうれしかった。そしてあのときの一生懸命だった自分も救われた気がして、誠はスマホの画面を見つめていた。


「えええっ！」

レジにいたスーの声が上がり、樹木と浅羽もハッと振り返った。

「きゃーヤバイ！　うそマジで！　賞とった！　キキ、賞とっちゃった！」

レジから出てきたスーが掲げるスマホには『漫画賞』を受賞したというメールの画面が表示されている。

「えーすごいすごいすごいっ！　スーちゃんやった！」

樹木は駆け寄り、スーに抱きついた。陸斗と上杉もすごいと盛り上がっている。

「恭喜《ごんしー》」

浅羽が声をかけると、スーは「謝謝《しぇしぇ》」と応えた。

「今のはわかった。おめでとうでしょ。恭喜《ごんしー》！」

陸斗が言うと、上杉も続けて何度も「恭喜《ごんしー》！」と言った。

「ほらほら。願い事、叶うんだよ」

樹木は浅羽を見た。

「そうだな。もう一つの願い事も……」

「ん？」

樹木は浅羽を見た。樹木はツリーにかけた短冊に『スーちゃんが漫画家デビューできますように！』と『シャチョーがクリスマスを好きになりますように！(甘いものも！)』と、書いたのだ。浅羽はちゃんと短冊を見てくれたようだ。

「好きになった？」

問いかけると、

「ああ。すごく好きになった」

と、笑顔で樹木を見つめる。

「あ！」

バンザイして騒いでいた上杉が窓の外を指した。

「雪！」

樹木は窓に駆け寄って空を見上げた。

「おお、なんかいい感じで降って来たぞ」

店のシャッターを閉めようとしていた誠は、里保に声をかけた。

「ほんとだ」

後から出てきた里保も雪に気づいて空を見上げた。

「きれいだね」

「うん」

「積もるかなあ」

「積もったら明日、雪かき大変」

里保が言う。

「え、そっち?」

「どっち?」

噛み合わない会話がおかしくて、二人は声を合わせて笑った。


樹木はイートインコーナーで、試作品のクリスマスケーキを披露した。あーん、と口に持っていくと、浅羽は一口食べて「おいしい!」と声を上げた。その笑顔は本物だ。

「フレンチ?　中華?　イタリアン?」

樹木は明日のクリスマスディナーは何かと尋ねてみた。

「フレンチ」

「恵比寿で高級フレンチ……だいぶ絞れて来た」

「サプライズが楽しみなんじゃなかったのか？」

「だってもう待ち切れないんだもん」

「明日だ」

「明日が遠いー」

「こりゃ毎年大変だな」

浅羽がふと言った言葉が、キューピッドが放った矢のように樹木の胸に刺さった。

「……来年は何しよっか」

くすぐったい気分で、尋ねてみる。

「まずは明日だろ」

「ハワイとか行きたい」

「行ったことないの？」

「うん」

「ハワイのサンタはサーフィンに乗って来るんだ」

「え？　トナカイじゃなくて？」

「ソリだろ」

まったく細かいなあ、と、樹木は文句を言おうとしたが、あまりに幸せで笑顔があふれてしまう。

二人はスノードームの中のカップルのようにぴったりと体を寄せ合いながら、ガラスの向こうの雪を見つめていた。

その日、樹木はインスタグラムを更新した。

『今年はいろんなことがありました。甘いものは、人を幸せにします――』

火曜ドラマ

この恋あたためますか

< CAST >

井上樹木 …………… 森 七菜
浅羽拓実 …………… 中村倫也
新谷　誠 …………… 仲野太賀
北川里保 …………… 石橋静河

上杉和也 …………… 飯塚悟志（東京03）
李　思涵 …………… 古川琴音
碓井陸斗 …………… 一ノ瀬 颯
三田村敦史 ………… 佐藤貴史
土屋弘志 …………… 長村航希
藤野恵 ……………… 中田クルミ
石原ゆり子 ………… 佐野ひなこ

●

清水香織 …………… 笹本玲奈
都築誠一郎 ………… 利重 剛
一岡智子 …………… 市川実日子
神子亮 ……………… 山本耕史

< TV STAFF >

脚本 …………………… 神森万里江
青塚美穂

プロデュース ………… 中井芳彦
黎　景怡

演出 …………………… 岡本伸吾
坪井敏雄
大内舞子

音楽 …………………… 木村秀彬

主題歌 ………………… SEKAI NO OWARI「silent」（ユニバーサルミュージック）

台本監修（コンビニ）… 吉岡秀子

商品開発監修 ………… 松澤圭子（株式会社トロア）

スイーツ監修 ………… 徳永純司（ホテルインターコンチネンタル東京ベイ）

製作著作 ……………… TBS

< BOOK STAFF >

ノベライズ ………………… 百瀬しのぶ
装丁・本文デザイン ……… 渋澤弾・竹内麻里耶（弾デザイン事務所）
校正・校閲 ………………… 聚珍社
DTP ………………………… 見原茂夫・鈴木健太郎（アズワン）
企画協力 …………………… 関野修平・齋藤祐佳子
（TBS テレビメディアビジネス局ライセンス事業部）

編集 ………………………… 花本智奈美（扶桑社）

火曜ドラマ

この恋あたためますか

火曜ドラマ『この恋あたためますか』

発行日　2021年1月6日　初版第1刷発行

脚本　神森万里江、青塚美穂
ノベライズ　百瀬しのぶ

発行者　久保田榮一
発行所　株式会社 扶桑社
〒105-8070
東京都港区芝浦1-1-1　浜松町ビルディング
電話　03-6368-8885(編集)
03-6368-8891(郵便室)
www.fusosha.co.jp

企画協力　株式会社TBSテレビ
印刷・製本　サンケイ総合印刷株式会社

Printed in Japan
ISBN978-4-594-08702-9